集英社オレンジ文庫

乙女椿と横濱オペラ

水守糸子

本書は書き下ろしです。

Contents

Otome-
tsubaki to
Yokohamaopera

乙女椿と横濱オペラ

鬼は言った。

「道はふたつ。あちらとこちら、どちらかひとつ。おまえに好きなほうを選ばせてやろう」

風の音はない。獣の声もしない。

夜の帳で隠された雪山に、子どもと鬼だけがポツンと立っている。

その子どもが月の晩に出くわした鬼は奇矯で、かつ親切だった。火の消えた提灯を握りしめて震える幼い彼に、ふたつの道を指し示してくれた。道のうち、ひとつは異界へとつながり、いまひとつは家へと続く人の道なのだという。

「どちらを選ぶ？　自らあわいに踏み入った木偶の坊」

金の目を弓なりに細めて、鬼は子どもを見下ろした。そのすがたは影をぎゅっと凝り固めたかのようで、金の眸だけが炯々と輝いて見える。おびえた子どもがあとずさろうとすると、鬼は今度は後ろに現れ、「どちらにするんだ？」としつこく訊いた。

きっと答えるまで逃がしてはくれない。悟ると、みひらいた眸のふちに涙が滲んだ。

かえりたい、と子どもはふいに泣きたいほど強く思う。

かえりたい。きっと今も橙のあかりがやさしく灯るあの家に、もう一度帰ることができたら。

――その道を選べたら。

心を決めると、首にかかった御守りを祈るようにたぐりよせ、ふたつの道のうちひとつに踏み出す。

鬼がわらう。風が舞い、雪原についた小さな足痕（あしあと）をうたかたのように消し去る。

月が雲に隠れ、また顔を出したそのとき、子どものすがたはすでになく。

火の消えた提灯がひとつ、雪のうえに転がっているだけだった。


――こんな話を聞いたのは、さて、さきの世だったか、今の世だったか。

街に灯った瓦斯灯（ガスとう）が、闇夜を照らすようになって数十年あまり。

まだ古き世の名残（なごり）が尾を引く、今は開明の時代である。

一 椿の神隠し

一

海を隔てた遠国では、タイタニック号が氷山に衝突して沈没したらしい。

はじめて聞いたとき、タイタニさんだの、タイタンさんだの何度も訊き返していたら、長屋暮らしの三文絵師に笑われた。君が言うとそんな苗字の人間がいるみたいやわ、なんて言う。

明治四五年夏、横濱埠頭。

沖合にポカリポカリと浮かぶ異国の船影を横目に、紅は二本の長いおさげを揺らしながら海岸通りを足早に歩く。船着き場である大桟橋が突き出た海は穏やかで、青というよりは緑に近い色合いがこの季節らしい。

紅は山手にある女学校からの帰り道だった。

教科書や筆を入れた風呂敷に、海岸通りの洋菓子店で買ったビスケットの包みをのせて、海老茶の袴をさばいて歩く。

ハイカラな外観の洋風建築が並ぶ官庁街、桜が青葉を茂らせた横濱公園、派大岡川にかかる橋を渡れば、パン屋、カフェー、絵はがき屋に寫眞店とさまざまな店が立ち並ぶにぎやかな通りが現れる。

その一本二本、裏手に入った場所に、昔ながらの棟割長屋がひしめく一角があった。

「草介さん！」

狭い路地に渡した物干しにかかる数枚の薄物をのけて、紅はつぎはぎだらけの腰高障子を叩く。

「草介さんったら。いらっしゃるのでしょう？　いかがわしい雑誌のいかがわしい挿絵の出来はいかがです？」

返事を待たずに、紅は勢いよく障子を開け放つ。

案の定、長屋暮らしの三文絵師は、畳に寝転がってあくびをしていた。

この男、名を時川草介という。

歳は、十六の紅より一回り上の二十七。ひょろりと痩せた、水辺の枝垂れ柳を思わせる男だ。花をつけ終えて、水無月の風にさらさら吹かれてまどろんでいるというようすの。

そのくせ、宵どきの空に似た色の眸は、ときどきなにもかも見透かす風にひやりと細められる。

「草介さんなら、今日も留守やで」

見え透いた嘘をついて寝返りを打とうとする草介に、紅は腕に抱いたビスケットの包みを差し出した。

「お疲れかと思いまして、差し入れです」

「君の差し入れは高くつくからいやや。お裁縫の宿題なら、君のおかあさんに教えてもらい。僕は挿絵師で、お針子さんとはちゃう」

十八の頃に京都から横濱の地に流れてきた草介は、このあたりでは聞き慣れない京訛りの喋り方をする。といっても、国内屈指の貿易港である横濱では、各地から集まった商人のお国言葉に、いくつもの異国語が飛び交うので、紅もさほど気にしていない。

「帷子のお裁縫なら、あんパンふたつで手を打ちましたし、あなたも納得したではないですか。そうではなく。聞いてください、大変なのです。このままでは、わたしは嫁ぐ前から寡婦になってしまいます」

「ほーう、それは天変地異のおおごとや」

必死に言い立てているのに、草介のほうはてんで聞く気がない。

紅は草介に長屋の部屋を貸している大家の娘であるのだから、もうすこし真面目に取り合ってくれてもよいと思うのだが。そもそも、怪奇雑誌に奇怪な挿絵を描いて食いつないでいる草介はいつも銭無しで、紅の父親が長屋の賃料をまけてなければ、どこぞで野垂れ死んでいたっておかしくない。

外から氷売りの声が聞こえてきたので、紅はいったん障子戸を閉めた。

ことは紅の人生にかかわる一大事で、長屋の噂（うわさ）好きの住人たちに盗み聞きされてしまっては困る。泥絵具を溶く膠（にかわ）のにおいが染（し）みついた畳に荷物を置くと、紅は戸口に鎮座する甕（かめ）から冷や水を汲（く）んで咽喉（のど）を潤（うるお）した。

九尺二間の部屋には、大小の筆が吊り下がり、泥絵具に乳鉢（にゅうばち）、紙束の山で狭い畳のうえは足の踏み場もないほどだ。

京の絵師の家に生まれた草介は、修業のために横濱くんだりまでやってきたのだという。今から十年ほど前のことだ。それで売れない挿絵師をしているのだから、何が修業なのかは紅にもよくわからない。

「ほいで、寡婦がなんやて？」

ビスケットの包みをひらきながら、ようやく草介が尋（たず）ねた。手土産（てみやげ）ぶんの話は聞くことにしたようだ。

「庭師の一谷（いちのたに）誠一郎（せいいちろう）さんとわたしが許婚（いいなずけ）の仲にあるのは、あなたもご存じでしょう？」

部屋に上がり込むと、紅は狭い縁に面した半開きの障子戸も閉める。

そして、草介の気が変わらぬうちにと切り出した。

「年明けには一谷家に嫁ぐつもりで、今年の冬から話を進めていました。わたしの父と誠一郎さんのお父さまは庭師同士、少なからず親交がありましたから、その縁で。……そんな顔をせずとも、ご祝儀は要りませんのでご心配なく」

「祝い絵なら描いたる。ほんで？」

「祝言を前に、わたしの許婚──誠一郎さんが神隠しに遭ったというのです。野毛山のふもとに船堂男爵のお屋敷がありますでしょう。椿屋敷と呼ばれるあの家の、化け椿がかどわかしたと」

瓦斯灯が暗闇を照らし、鉄道が縦横に走り、急速に街が変わりつつある中にあっても、この手の怪異譚は後を絶たない。野毛山のふもとにある椿屋敷の化け椿もそのひとつだった。寛永の頃からあるのだという巨大な古椿の樹は、屋敷の門からせりだすように枝を広げていて、夜になると道行く人をたぶらかすのだという。

一谷家は代々、華族の庭園を作庭してきた庭師の名家である。誠一郎も幼い頃から父について船堂家の庭に出入りしていたが、すこし前にこの化け椿の枝を伐ったらしい。数日後、誠一郎は庭師道具を持ったままふつりと姿を消したので、これは化け椿の祟りではないかともっぱらの噂になっていた。

「誠一郎さんがいなくなって、もうひと月が経ちます。きのう、父のもとに一谷のお父さまがいらして、このまま帰らぬようなら申し訳が立たない、縁談はなかったことにしてほしいと仰せになりました。もちろん、わたしは断りましたが」

紅の家――茶木家もまた、庭師としては名のある寺院や公園の庭を手掛ける名家だ。加えて、あたらしもの好きの紅の父は、四十を過ぎてから西洋式の作庭を学び、横濱に移住してきた外国人の庭園作りを請け負ったり、椿の植木や百合根などを外国の商人と取引して、財を築いていた。

庭師同士、親交があった父たちのあいだで、年頃の紅と誠一郎の見合いの話が出たのが今年のはじめ。顔を合わせたのはまだ二度だが、誠一郎は紅の大切な許婚だ。夫婦の情はこれから育てていくものだと思っていた。化け椿にかどわかされたなどと聞いてもあきらめきれない。

「誠一郎さんを見つけるまで、わたしはどこに嫁ぐつもりもありません。ですから、草介さん。誠一郎さん探しに力を貸してくれませんか」

二枚目のビスケットに手を伸ばしている草介に、紅は訴える。

「頼み先を間違えてはりますよ、お嬢さん」

肩をすくめて、草介がすげなく言った。

「流行りの探偵か、さもなくば横濱弁天さんにでもお祈りしときき。僕は今、『ねこまた』

の絵描きで忙しいさかい」

「草介さんは昔からふしぎなもののすがたを見たり、声を聞いたりするではないですか。噂の化け椿にどういう了見なのか聞き出してはくれませんか？」

「ひとを拝み屋みたいに言うのはやめ。さきの世ではどうやったか知らへんけど、今時分、流行らへんわ」

「御礼は弾みますよ」

「外は暑うてかなわん」

障子越しにも伝わる強烈な陽射しに身震いして、草介は背を向けた。

男子ともあろうものが情けない、と紅は呆れたが、ここでくじけてはならぬと草介の前に回り込む。

「アイスクリンはいかがですか。ごちそうします」

「アイスクリンはこめかみが痛うなるさかい」

「帰りに好物の水羊羹も買ってあげますから。ね？」

「君ひとりで行っとき。土産だけ頼むわ」

「……本当に、本当に困っているんです」

草介があんまりつれないので、気勢をそがれて唇を噛む。

紅だって、はじめから神隠しの噂だけを信じていたわけではない。

このひと月、誠一郎を探して、父の庭師仲間に話を聞いて回ったり、誠一郎が手がけた庭を訪ねたりもした。けれど、なんの手がかりも得ることができず、ついに破談の話が持ち出されるに至り、困り果てて草介のもとを訪ねたのである。

「ほかにどうしたらよいのか……」

張り詰めていたものがポンと弾(はじ)けて泣きだしそうになり、紅は眉根を寄せた。

先に折れたのは草介で、聞こえよがしに大きく息をつく。

「化け椿とやらのとこに行って帰るだけやで」

「引き受けてくださるんですか？」

「君は困ると泣き落とするの、たち悪いわ。そのままいくと、えらい毒婦になれるのとちゃう」

ぶつぶつ言いながら、草介は重なった紙の下から外着を引っ張り出す。

嘘泣きをしたわけではないのだが、紅はほっとして眉をひらいた。なんのかの言っても、草介はだいたい最後には紅につきあってくれる。

「ありがとうございます」と微笑むと、「お嬢さんの無理には慣れてますさかい」とさらりと嫌味を言われた。往生際(おうじょうぎわ)がわるい。

盛夏であっても人出が絶えない大通りを、草介と紅は並んで歩く。

五十年ほど前、開港とともに一気にひらかれた横濱の街は、洋風建築が立ち並び、路面電車が走る広い通りでは海を越えて渡ってきた外国人と日本人とが自然に行き交っている。

どこからだろう、きよらげな花の香りがほのかに漂い、目を上げると、書店と書かれた青銅製の看板の横で、夏椿が白い花をほころばせていた。

店先に並べられた本には、一冊一冊、夏椿が描かれた紙の栞（しおり）が挿（さ）されている。

そういえば、誠一郎は本を読むのが好きだった。こんなことがなければ、かわいい栞を見つけたことを文（ふみ）に書いていたのに、としゅんとなりつつ通り過ぎる。

「古椿が化ける言われてんのは昔からや」

夏の陽射しをわずらわしげに避けながら、草介が言った。

「女に化けて男をたぶらかしたり、夜な夜な踊りだしたり。どこのお国の話やったか、女に化けた椿が商人に息を吹きかけて、蜂（はち）に変えてまうなんて話もある」

淡々と語る草介の口ぶりはそれゆえおそろしい。

にわかに鳥肌が立ち、紅は袖の下の腕をさする。

「怖がらせるのはやめてください。蜂だなんて」

「君が化け椿が許婚をかどわかした言うたんやろ」

「噂です。見た人がいるわけではありませんし……それに神隠しに遭っても帰ってきたひとだっているではありませんか。草介さんみたいに」

鬼や天狗にかどわかされる子どもの話は、今の世でも年に数度は耳にする。中にはしばらく経ってから、ふらりと帰ってきたひともいて、草介も幼い頃大江山（おおえやま）で神隠しに遭ったあと、家に戻ったらしい。以来、草介はあちら側の者たちのすがたを見て、声が聞こえるようになったという。

草介自身から聞いたのではなく、前に父がすこしだけ教えてくれた。

浮世離れしたところもあるが、心根は悪くない男のはずだから、仲良くしてやりなさいと。

草介がまだ長屋にやってきたばかりで、紅が六つか七つだった頃だ。庭師の父は樹木と人を見る目にかけては自信を持っていた。

「まあ、化け椿にうかがいを立てるくらいなら、尋ね人の貼り紙でもしたほうがええんとちゃう」

自分も神隠しに遭ったくせに、草介はその手のことをあまり信じていないようだった。

「わたしだって、最初はそうすべきだと言いましたよ。ただ、一谷のお父さまが誠一郎さんのことはもういいと」

「えらいあきらめが早いな」

「でしょう？　一谷家には、幸い家を継げる次男もいるから、今回のことは化け椿の仕業と思うことにすると仰るのです。わたしにはしきりに謝っておられましたが……」

一谷家が探さないと決めた以上、許婚とはいえ、紅があまり騒ぐと迷惑がかかる。けれど、せめて誠一郎のゆくえだけでもわからないものかと、親には内緒でひとり調べ回っていたのである。こういうところがお転婆娘なのだと兄にはどやされるが、なかなか直せない。

「君は許婚の坊が好きやなあ。数度会うただけでよくもまあ」

「二月の顔見せと、横濱公園の花見でご一緒したのと、正確には二度ですね」

そのときのことを思い出し、紅は眦を和らげる。

ふわりと胸にやわらかな気持ちが咲いた。

「でも、草介さん。会った回数などは関係ないのです。わたしははじめて会ったときから、誠一郎さんとならきっと恋ができるような予感がしていたんですよ」

「乙女椿はけったいなこと考えてはるなあ」

「おとめつばき？」

「君のこと」

ふっと冷やかすように口端を上げ、草介は袖に手を入れた。

なんとなく子ども扱いをされた気がして、紅は唇を尖らせる。


くだんの椿屋敷にたどりつく頃には、日は傾きはじめていた。

大通りのにぎわいから外れた場所に建てられた屋敷は、夏の斜陽を受けて赤く燃え立つかのようだ。なんでも、椿屋敷はこのあたり一帯の大名主の屋敷を改築したものらしい。ご維新の動乱の折には、当主が腹を切り、屋敷の井戸では女たちの身投げがあったとも聞く。そういういわくつきの屋敷だからか、鬱蒼と茂る庭木の奥からは、夜な夜な悲鳴や物音がするという怪奇談がまことしやかに囁かれていた。

「誠一郎さんのお家は、今の船堂家のご当主が爵位を継がれてから、ずっとこの屋敷の庭を任されていたそうです。誠一郎さんも幼い頃から屋敷に出入りしていて、最近ではお父さまのお仕事を手伝うようになったと聞きました」

「えらい詳しいな、君」

「騒ぎ立てない程度に、あちこち聞いて回りましたから。ご令嬢は確か、わたしと同じ年頃だと聞きましたけれど」

紅と草介は並んで屋敷の立派な門構えを見上げる。

小柄な紅と、ひょろりと上背がある草介は、並ぶとだいぶ目の高さがちがう。紅はブーツの爪先に力をこめて背伸びをしたが、生い茂った樹木のせいで、屋敷の中までは見通せなかった。

塀に沿って裏に回ると、北側の裏木戸にしなだれかかる巨大な樹木を見つける。椿の樹だ。胴のあたりに大きなうろを持った古木で、艶やかな葉がこんもり茂っている。そして夏の盛りだというのに、椿の花は満開だった。

「花が……花が咲いていています」

目をみひらいて、紅は草介の羽織をぎゅっと握りしめる。

とくべつ信心深い紅ではないけれど、この椿は何かがちがうと思わせる異様な気配を持っていた。いつもなら好奇心のほうが勝って近づいていくのに、足がすくんでしまう。

「ほんま、えらい咲いたなあ」

のんきにつぶやいて草介が近寄ると、足元で湿った音がした。落ちた椿の花を踏んでしまったらしい。地面に転がったいくつもの椿の花が、ひとの首か何かのように見え、紅は草介の背で身震いした。痩せた草介の背中は、盾にするには心もとないけれど、染みついたいつもの墨の匂いは心を落ち着かせてくれる。

「椿は何か言っていますか？」

「え？　さあ、どうやろか」

おざなりに返事をして、草介は何かにきづいたようすで肩を揺らした。

どうしたのだろうと、草介の背から紅はそっと顔をのぞかせる。そのとき、椿の下からいきなり人影が現れたので、ひゃあ、と乙女にあらざる大声を上げてしまった。

「うわっ」

紅の声に驚いて、男が木桶の中のものをぶちまける。

道に散らばったのは人骨——ではなく砕いた氷だった。あっけにとられた紅を、「急にびっくりするだろうがっ」と男が怒鳴りつける。天秤棒の前後に木桶を下げた壮年の氷売りだった。

「すいまへん。このお屋敷の方やろか」

氷を拾うのを手伝いながら、草介が尋ねる。

「毎日氷を届けているだけだ」

まだ怒りが引いていないのか、つっけんどんに氷売りが答える。

「あんたら、こんなところで何をしているんだ？」

「この子が前にここのお嬢さんによくしてもろうたさかい、御礼に上がりましてん。今日はいらっしゃいますやろか」

「雪子(せっこ)さまに?」

ぎょっと目を剝(む)き、氷売りは紅を見た。最初、草介がついた嘘がばれたのかと思ったが、どうやらそうではないようだ。いましがた出てきた屋敷にすばやく視線を走らせ、ぼそぼそと声をひそめて囁く。

「悪いことは言わない。この屋敷には関(かか)わらないほうがいい」

「はあ」

「短い間にひとりもふたりも神隠しなんぞ出して。祟られているぞ、この屋敷」

くわばらくわばらと唱え、氷売りは天秤棒を肩に担(かつ)ぎ上げた。

「あんたらも暗くならないうちに帰れ。祟られる」

暮れはじめた小道を足早に去っていく背を眺め、「どういう意味でしょうか」と紅はつぶやく。

「ひとりもふたりもって言うてはったな」

氷売りの言葉をなぞり、草介は足元に落ちた椿の花を拾い上げる。花の汁が指につくのもかまわず、「祟りなあ」と考え込むようにそれを回した。

二

――紅さん、花はお好きですか。

許婚だと紹介された青年は、眦に笑い皺のある、剪定鋏よりは本が似合うひとだった。はじめての見合いで緊張しきっていた紅を堅苦しい席から連れ出すと、誠一郎は火鉢でぬくまった書斎へ案内してくれた。冬の、まだ梅の蕾が固く閉じた季節のことだ。花といったら水仙、雪割一華が足元で咲くくらいの。

『お部屋にお花があるんですか？』

首を傾げた紅に、『ええ、ほら』と誠一郎が文机に置いてあった本から栞を引き抜いて差し出す。紙の栞に、押しあてられた桜が一輪、咲いていた。

まあ、と息をのんで、紅は目の前に栞をかざす。紅もときどき、読みさしの本に草花を挿しておくことはあったけれど、このような押し花の栞ははじめて見た。

『すてき。本当に桜が咲いているかのよう……！』

童女のようにはしゃぐと、誠一郎はほかにも三色すみれや桔梗、白詰草に紫陽花といった栞を見せてくれる。どれも仕事の片手間に拾った花で作ったらしい。文机のうえは、あっという間に冬であることを忘れるくらいの花が咲き乱れた。

『押し花がお好きなのですか？』

尋ねた紅に、『好きというわけでもないのですが』と誠一郎が目を伏せる。

『地に落ちたまま朽ちてしまうのは、花が憐れでしょう？』

雨音のように染み入る声を聞きながら、この方がわたしの夫となる方なのだと紅はしんみりしてしまった。

——結婚。

それまで実感を伴わずにいた言葉が、微かに精彩を帯びる。

未知の感情に胸が弾んで、鼓動が高鳴った。

まだ何も知らないけれど、この方とならわたし、恋ができるかもしれない。恋をしてみたいと、そう思えたことがうれしかった。

卯の花色の洋傘を畳むと、雨にしとどに濡れる葡萄棚がうつくしい屋敷が現れた。

人力車から降りた紅は、父の背について、一谷家の門をくぐる。本来ならば、一谷の御当主が茶木家にうかがうと言っていたところを、御当主の不調を案じた紅の父が、こちらからおうかがいしましょう、と申し出たのである。

「金吾さん、それに紅さんも。ご足労おかけしました」

誠一郎の父――秀一郎は、紅たちを迎えるなり、深く頭を下げた。

「このたびはわたしどもの愚息が大変なご迷惑をおかけしまして――」

「どうか頭を上げてください。その後も、誠一郎くんから音沙汰はなく？」

尋ねた父に、秀一郎は恐縮しきったようすで、「はい」とうなずく。

やはり誠一郎の音信は途絶えたままのようだ。五十を過ぎても、筋肉隆々で剪定鋏をかるがる扱う紅の父に対して、秀一郎はもともと小柄で若木のようにほっそりしていたが、長男が消えた心労からか、ますます痩せてしまっていた。

通された客間で向かい合って座ると、使用人がお茶を運んでくる。蓋つきの白磁碗に描かれた小鳥の絵を、切り出す言葉に迷うように秀一郎は指でなぞる。

「紅さん、金吾さん、こちらを」

意を決した風に、秀一郎が螺鈿細工の文箱を差し出した。

中に入っているものには紅も想像がついた。縁談がまとまった際に交わした証書だ。

「誠一郎はいつ帰るとも知れぬ身。年若い紅さんをいつまでも愚息の許婚としてとどめておくのは失礼かと存じます」

誠一郎が消息を絶ってひと月が経った頃、一谷家から一度打診されていたことだ。証書を返すことは、婚約の破棄を意味する。あのときはもう少し待ちましょう、と突っぱねたものの、いよいよ秀一郎もたまりかねたらしい。このままでは紅の将来にも差しさわりがある、と父にあらためてうかがいを立て、今日の席がもうけられた。

「おまえもよいね、紅」

俯きがちに、口を引き結んだままでいる紅に、父が声をかける。

紅はしばらく手の中の茶碗をじっと見つめていたが、やがて胸にかかった三つ編みを小鳥の尾羽のように揺らして、顔を上げた。

「あの、もうすこし。もうすこしだけ待っていただくことはできませんか？」

秀一郎が眉をひそめ、紅の父がやはり、というように大きな手で顔を覆う。

「誠一郎さんのことをわたしはまだあきらめきれないのです。もし噂のとおり、化け椿による神隠しだったとしても……わたしが誠一郎さんをかならず見つけ出しますから、それを待っていてはもらえませんか」

船堂男爵家の化け椿については、まだ草介と調べている最中だ。

もしかしたら、誠一郎につながる手がかりを見つけられるかもしれない。いや、かならず見つけてみせる。その前にむざむざ希望を捨ててしまうのはいやだった。

腰をわずかに浮かせて訴えた紅を、秀一郎が困惑気味に見つめる。

「誠一郎とはまだ二度会っただけでしょう。なぜ、そうまで息子を想ってくださるのか……」

「誠一郎さんはわたしの許婚です。あの方のよき妻になると、わたしははじめてお会いした日に決めたのです。どうして行方不明のまま放っておけますか」

必死に言葉を連ねる紅の背に、父が手を添える。

すいませんな、と苦笑し、父は紅の背をぽんぽんと雑にあやした。

「家族そろって甘やかして育てたせいか、どうにもまっすぐにすぎる気性の子でして。娘はこう申しておりますが、いかがしましょうか」

「――愚息は神隠しに遭ったのです」

呻きにも似た声を秀一郎が絞り出した。紅を見つめる秀一郎の目には、どこか切実な、形容しがたい苦悩が滲んでいる。

「どうか、そう思ってあきらめていただけませんか……」

消え入りそうな声で訴える秀一郎に、紅はもう否とは言えなかった。

結局秀一郎たっての願いで、紅と誠一郎の婚約は解消されることになった。

父に席を外すように言われ、紅はひとり一谷の屋敷の縁側に出る。梅雨は明けたはずなのに、朝から降り続く雨のせいか、あたりには冷たい湿気が立ち込めていた。

濡れ縁に座ると、紅は衿元から紙の栞を取り出す。

はじめて会った日に誠一郎にもらった、桜の花が押しあてられた栞だ。花びらのふちを指でなぞりつつ、文机のうえに栞を並べてくれた誠一郎のすがたを瞼の裏で重ねる。

『高嶺桜ですね。桜の中でも、ひときわ寒さに強い種だって聞きました』

栞の一枚を取り上げて口にした紅に、誠一郎は瞬きをする。紅がすぐに花の名前を言い当てたことに驚いたようだ。誠一郎の反応に得意になって、『これでも庭師の娘ですから』と紅は胸を張る。

『金吾さんがよくおっしゃっておいででしたよ。紅さんはどこに行くにも自分のあとをついてくると。ときには楠の大木によじのぼって落ちたことも……』

『幼いときだけです！　今はそのようなはしたない真似はしません。いえ、勢いあまって自転車から転げ落ちたことは……ありましたけれど』

嘘はつけずにしぶしぶ打ち明けると、誠一郎はふっと眦を緩めて笑いだす。

笑い上戸なのだろうか。肩を震わせながらずっと笑っているので、もう、と紅はますますむくれた。

『すいません、あなたがあんまりかわいらしいから』

素直に向けられた賛辞に、紅は呆けた顔をしたあと、ふわふわと頰を染めた。父や兄以外の殿方にそのように言われたのははじめてだった。

『……あの方もあなたのようだったら、苦しむこともなかったでしょうに』

『はい？』

訊き返した紅に、誠一郎はあいまいに微笑んだ。

『お気に召したのなら、その栞は差し上げますよ』と言って、並べた栞を文箱にしまっていく。

『ねえ、紅さん』

文箱の蓋を閉じて、誠一郎がつぶやいた。

『まことの恋とは、なんだと思いますか』

――あのとき、紅はなんとこたえたのだろう。

それに対して誠一郎はなんと返したのだったか。

緊張していたせいか、あとの記憶はおぼろげで、ただ栞を扱うときの誠一郎の丁寧な手つきだけが印象に残っている。

「誠一郎さまが作られた栞ですか？」

濡れ縁で物思いにふけっていた紅に、使用人のばあやが声をかけてきた。

「金吾さまと秀一郎さまはもう少しお時間がかかりそうなので」と紅のために作った冷や

し飴をかたわらに置く。

「以前、こちらを訪ねたときに誠一郎さんがくださったのです」

「桜の花でしょうか。わたしはあまり花の種類には詳しくありませんけれど……。そういえば、先日誠一郎さまの書斎を掃除していたときに、似た栞を見つけましたよ」

紅に冷やし飴を飲んでいるように言って、ばあやは誠一郎の書斎から一冊の本を持ってくる。

The Language of Flowers――「花言葉」を紹介する本だった。

外国ではひとつひとつの花に、愛や平和といった意味がこめられているのだと、父から教えてもらったことがある。草木を扱う庭師として、誠一郎も興味があったのだろうか。

本の半ばには、紙の栞が一枚挟んであった。ばあやに促されてひらくと、赤い花びらをひとひら押しあてた栞が現れる。椿の花びらのようだ。よく見ると、その頁に載っているのも、椿の花にまつわる花言葉である。

「紅さんを想って、挟んだのではありませんか」

柔和な笑みをたたえたばあやに、「わたしを？」と紅は聞き返す。

「ええ。だって、紅さんのお名前は椿からつけられたのでしょう？」

確かに、紅は椿が花ひらく冬に生まれた。紅という名も、雪が薄くかぶった庭に咲いた椿を見ていた父がつけたものだ。誠一郎がそれを知っていたかはわからないけれど。

雨曇りの空に、紅は手の中の栞をかざす。

信じてもよいのだろうか、と赤い花びらに向けて問いかける。

誠一郎も、紅と恋をしてみたいと、そう思っていてくれたのだと。

だって椿の花言葉は——……。

唇を引き結ぶと、「あの」と紅はお盆を持って下がろうとしていたばあやを呼び止めた。

数日後、紅は草介が挿絵師をしている出版社、枳殻社（からたちしゃ）の前にいた。
婚約が破談となり、誠一郎は縁もゆかりもない人間になってしまったが、氷売りが言っていた祟（たた）りの話は気にかかる。なんとかもう一度だけ化け椿に口利（くちき）きをしてもらえないかと、女学校の帰りに草介を訪ねたのである。
「すいません！」
外から声をかけ、擦（す）り硝子（ガラス）の入った西洋風の扉に手をかける。が、一拍前に内側から勢いよくひらいた扉に頭を打ちつけてしまい、紅は額（ひたい）を押さえて呻いた。

「何しとんのや、君」

見れば、扉の前に立っていたのは草介である。

「あなたのほうこそ」と紅は負けじと草介を睨(ね)めつける。今の醜態(しゅうたい)のせいで、あまりさまにはならなかったが。

「ひきこもり絵師が外出なんてめずらしいですね」

「今日はおさめた絵の代金をもらいに来ただけや。僕がここにおるて、ようわかったな」

「長屋の子どもたちに聞きました」

「ほいなら、あっちで待っとったらええのに」

「それは……そうですけれど」

空っぽになった草介の部屋を見たとき、急に不安になった。氷売りが言っていた化け椿の祟りとやらが、草介の身にも及んでしまったのではないか。考えだすと、いてもたってもいられず、草介が向かったらしい枳殻社まで走ってきたのだ。

まだ乱れた息を整え、紅は衿元から縮緬(ちりめん)の御守りを取り出した。

迷子除(よ)けの御札を中に入れた御守りは、ふつうは年端(としは)のいかない子どもに持たせるものである。悪いものに遭わないように、たとえ迷子になってもきちんと家に戻ってこられるように。祈りをこめて一刺し一刺し布を縫い合わせて作る。

「先日の御礼に差し上げます」

「僕に？」

「わたしの五指と引き換えに縫い上げたものです。効果は絶大かと」

「……なんやおそろしいわ」

針で何度もつついてしまった指をひらいて見せると、草介は嫌そうな顔をした。それでも受け取りはして、枳殻社の中へと紅を促す。

「いいんですか？」

「君のことや、どうせ化け椿のはなしをしに来たんやろ。立ちばなしもなんやし、入り。ほっぺた、のぼせたみたいに赤いで」

指摘をされてはじめて自分の頬が火照っていることにきづいた。

「なんも走ってこぉへんでも。せっかちやんなあ」

「だって、気がせいてしまうではないですか」

「化け椿は逃げへんで」

今に限っていえば、どちらかというと草介の身を案じて走ってきたのだが、まあよいかと思って、紅は中へ入る。

政治、醜聞、大衆娯楽——多種多様な雑誌を発行する枳殻社は、十年ほど前に横濱の伊勢佐木町で立ち上げられた。紅の次兄は記者として枳殻社に勤めており、その縁で草介も挿絵師の職を得たのだ。

前に草介が描いたという絵を見せてもらったことがあったが、天狗や河童がおどろおどろしく描かれているだけで、何がよいのか紅にはさっぱりわからなかった。しかし、その筋の人間には評判らしい。なんでも草介の絵には、本当に怪異を見たかのような緻密さや、真に迫る息遣いがあるのだとか。

「あれ、紅ちゃんじゃないか」

顔見知りの記者が紅を見て声をかける。

「初くんなら、取材で出かけているよ。もうすぐ帰ってくると思うが……」

「いえ、今日は草介さんのほうに用があったのです」

初というのは、紅の次兄のことである。

元旦に騒々しく生まれたから「初」。元旦生まれのせいではなかろうが、兄はだいぶおめでたい性格をしている。

この時間は皆、外に取材に出かけているようで、ひとはまばらにしかいない。空いた椅子に草介が腰掛けたので、紅もちょこんと隣に座って風呂敷包みを膝に置いた。

「『ねこまた』の絵はできあがったんですか？」

「おとついな。君に一日引き回されたあと、熱を出してしもうて、今回ばかりは間に合わへんかと思うたわ」

「相変わらずひよわなのだから。お熱は下がりました？」

呆れまじりに、紅は自分より上背のある男の額に手をあてる。

はいはい、と人馴れしない猫のように身をよじって、草介は机に肘をついた。

「ほいで？　船堂男爵家の化け椿のはなしなんやろ」

ええ、とうなずき、紅は姿勢を正した。

草介が相手ではあるが、ほのかに緊張しつつ、数日間考えていたことを口にする。

「草介さん、もう一度だけ、椿屋敷に行ってもらえませんか。誠一郎さんとの婚約は、先方たっての願いで破談になってしまいました。でも、まだあきらめきれない。もし本当に神隠しがあったのなら、どうしたら帰ってこられるのかだけでも知りたいのです」

「あの椿は無口やさかい。何度会いに行っても、なんも聞き出せへんと思うで」

草介の反応はそっけない。腰を上げて、枳殻社の社名が入ったうちわを取ると、草介はそれをはたりはたりと扇ぎはじめた。窓枠に浅く腰掛けた草介の横で、青鈍色の釣鐘風鈴がリン、と風を呼んで響く。

「ちなみに船堂男爵のご令嬢の雪子さんも、ひと月前に失踪したらしい。初が言うてはった」

やはり、という思いが紅の胸に去来する。

ひとりもふたりもという氷売りの言葉を聞いたときに、もしかしたらと案じていたのだ。

「それも化け椿による神隠しですか？」

「そない噂は立っとる。ただ、その前から別の噂も流れていたさかい、まあそれも船堂男爵の話なんやけど」

言いづらそうに一度口を閉ざし、草介はうちわを持つ手を替えた。

「なんでも、船堂男爵は酒癖（さけぐせ）が悪うてかなわん奴らしい。前妻の首を絞めて井戸に捨てたとか、妾（めかけ）を殺して庭に埋めたとか、あれこれ噂が流れとる。悲鳴や物音が屋敷から聞こえるちゅう話があったやろ。どこまで本当かは知らへんけど、奥さんも雪子さんも相当ひどい目に遭わせられていたらしいで」

草介らしくさらりと語ったが、話の内容は陰惨だ。

異様な気配に包まれていた屋敷を思い出し、紅は口元に手をあてた。

「それでは雪子さまは船堂男爵に……。まさか誠一郎さんも」

脳裏にひらめいたおそろしい予感に、紅は蒼褪（あおざ）める。

もしも船堂男爵があやまって娘を死なせ、それを偶然知った庭師の誠一郎まで口封じに殺したのだとしたら。神隠しの噂は、殺人を隠すために船堂男爵が故意に流させたものだったとしたら。

「いや、それはあらへん」

草介がきっぱり首を振った。水音に似た草介の声は、紅の胸に爽風のように吹き抜ける。額にかかった前髪がふわりとあおられ、うちわで風を送られたのだとわかった。

「むしろ、実際はその逆ちゅうか……」

「――紅！」

草介が独語しているさなか、場違いに大きな声が横から割り込んだ。

「初兄さま」

白いシャツを着た洋装の青年が、手を振りながらこちらに駆けてくる。庭師の父に比べるとすっきりした体軀だが、父譲りの精悍さが尖った顎や頬骨にあらわれている。ただ、愛嬌のあるどんぐり眼のおかげで、つめたい、という印象は受けない。

外に出ていたせいか、初の額には玉の汗が浮かんでいた。

「来るなら、先に言っておけ。すれちがうところだったじゃないか」

「だって家に帰れば、どうせ顔を合わせるではありませんか」

呆れた顔をする紅に、シャツの釦を外しながら「そういう話ではない」と初はむくれた。

茶木家は、祖父母に父母と兄ふたり、出戻りの姉一人に末子の紅という構成のため、家族は総じて紅に甘い。とくに八つ年上のこの次兄は、紅のおしめの世話までしていただけあって、十六になっても紅がまだ童女だと思っている節がある。

「もしもおまえが嫁に行ったら、あの怖い女と男だらけの屋敷に帰らなくちゃならなくなる。考えただけでぞっとするね。神隠しだかなんだか知らんが、破談になってくれてよかった」

「なんて言い草ですか」

紅は眉根を寄せるが、初は平然としている。草介のほうはいつものことだと面倒くさがって会話に入ってこない。

頬杖(ほおづえ)をついて、紅たちのやり取りを聞き流していた草介が「ほいで？」と初に言った。

「船堂男爵のご令嬢の消息はわかったんか」

ぱちくりと目を瞬かせ、「どういうことですか」と紅は身を乗り出す。

「雪子さまの消息？　つまり、生きていらしたのですか？」

「なぜご令嬢の生き死にの話になっているかは知らんが……」

初はなぜか歯切れの悪い口調になって草介を睨(にら)む。

紅がいるのにおまえ、とつぶやいた初に、「在所の紙」と草介はかまわず手を差し出した。

紅と草介を見比べ、しぶしぶ初は手帳から破り取った紙片を草介の手のうえにのせる。

「……神田のミルクホールだ。そこで女給をやっている」

どうやら草介は船堂男爵の噂を集めるのと一緒に、ご令嬢のゆくえを初に探させていたらしい。なぜ男爵家のご令嬢が神田で女給をやっているのかはわからないが、にわかな朗報に紅の胸はわき立つ。

「雪子さまが生きておられるのなら、誠一郎さんも同じように神隠しから戻ったのでは……！」

「うちの紅を悲しませる男のことなんぞ、俺は知らん」

不愉快そうに頬をゆがめて、初は吐き捨てた。破談になってよかったと言っているくせに、誠一郎が消えたことについては腹を立てているらしい。

「兄さま」

はやる気持ちを抑えて、紅はずいと兄に詰め寄った。

「誠一郎さんの消息についても、何か聞きませんでしたか。些細なものでも、なんでもかまいません」

「前にも言っただろう。俺はあいつを探す気なんかない」

「でも、誠一郎さんはわたしの許婚なのですよ」

「『元』許婚だ。あんな祝言の前に消えるような不届き者は、さっさと忘れてしまえ。そうだ、馬車道に新しくできた西洋菓子店があるだろう？　次の休みに連れていってやるから。欲しがっていた新しいリボンも買ってやろう。何色がいい？」

「兄さま」

あからさまなご機嫌取りをはじめた初に、紅は眉根を寄せる。

視線による短い応酬のすえ、初は観念したようすで息を吐き出した。

「……ひとつ」

「何か知っているのですか！」

「くだんのミルクホールに飾られている花木がすこぶるうつくしく、近頃評判になっている――らしい。それだけだ。誰が育てたもので、誰が生けたものかもわからん。見たところでわかるようなものではないし、おまえが探している元許婚を見たなんて話は聞いていない」

それでも、もしかしたら、と淡い希望が紅の胸に灯る。

誠一郎は庭師の道具を持って消えた。どういう事情があるかはわからないが、神隠しから戻ってきたのなら、雪子と同じように神田のどこかで庭師の仕事をして暮らしているのかもしれない。

「どないしはりますか、お嬢さん？」

ミルクホールの住所が記された紙片を紅の前に置き、草介が尋ねる。

迷いはなかった。誠一郎へとやっとつながりかけた道だ。たとえ、空振りになってしまったとしても、確かめてみないことにははじまらない。

微かに胸のうちにもたげた不安を押し込め、紅は紙片を取った。

「お願いです、草介さん。神田のミルクホールへ、わたしを連れていってくれませんか」

三

めあてのミルクホールは、神田の古書店街の並びにあった。

緑青屋根が目立つ洋風建築で、正面に「ミルクホール」の看板がかけられている。店の前にはベンチが置かれ、配達を終えた牛乳売りの少年がラムネを飲んで休んでいた。

横濱からここまでは鉄道を使い、あとは歩いた。

女学校が休みの日にあらためて出かけたため、紅はいつもの海老茶の袴ではなく、夏らしい紺の薄物に紫陽花柄の帯を締めている。隣を歩く草介も、普段よりいささか質のよい夏羽織を引っ掛け、カンカン帽をかぶっていた。草介の服はたいていが紅の兄たちのおさがりで、夏羽織にも見覚えがある。

「雪子さまはこの中に本当にいらっしゃるのでしょうか」

初がどこからか入手した寫眞を手に、紅は窓から中をのぞく。

丸い照明具が吊り下がった店内は、思った以上に盛況である。十数年前から増えだしたミルクホールは、ミルクやコーヒーをはじめとした飲みもののほか、備えつけの官報や雑誌を読むこともできるため、学生が多く出入りしていると聞いた。

「あの女給の方、ちがいますか。ほら、髪を編みこんでいらっしゃる」

草介の夏羽織を引いて、紅は給仕をしている女性のひとりを示す。

年の頃は十六、七だろうか。黒目がちの清楚な少女で、小豆色の小袖を身に着け、客に飲み物を運んでいる。右目の下に泣きぼくろがあった。セピア色の寫眞を確かめると、雰囲気や髪型は異なるが、雪子に似ている。

「外から見ていても埒があかんやろ」

窓に張りつく紅をよそに、草介は扉をあけて中に入ってしまった。

草介さん、と呼び止める声は届かず、意を決して紅もあとに続く。

別の女給に案内され、窓際の席に座る。長卓の中央に硝子製の菓子入れが置いてあり、羊羹をカステラで挟んだシベリアや甘納豆といった菓子が並んでいた。店内をそれとなく見回して、紅は壁に貼ってあった品書きに目を留める。

「ええと、わたしはミルクセーキにします。草介さんは？」

「……君、持ち合わせは？」

「ごちそうしますよ。ここまで連れてきてくださった御礼に」

草介に財布の期待ははなからしていない紅である。

ミルクセーキとコーヒー、それからシベリアをひとつ注文する。和洋問わず、草介はこうした甘い菓子に目がない。

「あの女給さん、いつからここで働いてんやろか」

注文を書きとった女給に、草介が小声で尋ねる。

草介の視線の向こうにいるのは、先ほど外から目をつけた雪子らしき女性だ。やはりよく似ているように思える。「ああ、チヨちゃんですか」と少女は顎を引いた。どうやらこの店ではチヨと名乗っているらしい。

「かいらしい子や思うて。少し前はいはらへんかったやろ」

こういうとき、紅とちがって立て板に水のごとく嘘を並べ立てられるのが草介である。ふだんは野良猫のようにごろごろしているくせに、きちんとした身なりをして微笑みかけると、だいたいの女性は気分よく警戒心を解いてしまう。どうしてそうなるのか、紅にはいまひとつわからない。

「お連れのお嬢さんに妬かれてしまいますよ」

「この子は僕を信用してるさかい」

「まあ、仲がよろしいんですね。――チヨちゃんはひと月前からうちで働いているんです」

「神田のひとなん？」

「いえ、港町のほうから来たと聞きましたけれど……。チヨちゃんを呼びましょうか？」

「いや。おおきに」

気を利かせた少女にやんわり断り、草介は椅子の背に深くもたれた。こちらの視線にきづいたようすで、軽く眉をひそめる。

「なんや」

「いえ、あなたときたら、よそではポンポン愛想よく喋るから」

「そら、どこでも愛想ようやっていたら疲れるわ」

「わたしもときどき、紳士らしく丁重にあつかってくださってかまいませんよ」

「君にもちっと情緒が備わったらな」

紅を流し見て、草介はふわりと肩をすくめた。

あらためて店内を見回してみたが、誠一郎らしき青年のすがたはない。ただ、奥の花台にさりげなく飾られているのは夏椿で、みずみずしく花ひらくたたずまいに目を奪われた。兄が言っていた、評判の花木とはたぶんこのことだろう。

先ほどの女給に聞いてみると、いつもいつの間にか飾られているらしく、誰が持ってきているかもわからないという。花を生けたひとにも心当たりはないそうだ。

「どやった」

尋ねた草介に、「わかりませんでした」と力なく首を振って、紅は席に戻る。

生けたのは誠一郎だと思いたかったけれど、兄が言うとおり、花を見ただけで判別できるようなものではない。いちばんよいのは、花を持ってきたひとを探して直接聞いてみることだが、紅の財布の事情から、何度もこの場所に足を運ぶことは難しい。鉄道の運賃は値が張るのだ。

息をつき、紅は衿元から手巾に包んだ一枚の栞を取り出した。

先日一谷家を訪ねた折にもらって帰ったもので、紙の栞には赤い椿の花びらが一枚押しあてられている。窓から往来を眺めていた草介が紅のほうに目を戻して、「君のか？」と訊いた。

「誠一郎さんの栞です。お会いできたら、渡そうと思って」

「ふうん。椿か」

「……わたしに似てます？」

「ええやあ。君はもちっとやかましいし、図々しい」

草介が情緒もなにもないことを言うので、「やかましいとはなんです」と紅は頬をふくらませた。いつもの調子をすこし取り戻し、栞を衿元にしまい直す。

ひとを隠すという男爵家の化け椿。

雪子が生きて戻ったとして、誠一郎は今どこで何をしているのだろう。誠一郎のゆくえを、雪子は知っているのだろうか。そもそも、雪子はどうやって神隠しから戻ったのだろう。

それでふと思いつくことがあり、紅は俯けていた顔を上げた。

「草介さんも、昔神隠しに遭ったのですよね」

「……まあ、そうやな」

「そのときはどうやって帰ることができたのですか？」

「どうやって、なあ」

薄い笑みを口元にのせ、草介は紅を見返した。

こちらの真意をはかる、ひんやりした眼差し。こんな目を出会ったばかりの頃の草介はよくしていた。——表情は乏しく、口数も少なく。今よりも近寄りがたい、分厚い氷のようなものを内側に隠した男だった。たぶん今もすべて溶けて消えたわけではない。

いたずらに草介の傷に触れてしまった気がして、紅は後悔した。

「ごめんなさい。草介さんが話したいときに話してくださればよいのです」

「そないたいそうな話でもあらへんけど。僕の場合はこれや」

あまのじゃくなのか、急に話す気になったらしい。

草介は懐から縮緬の御守りを取り出す。先日紅があげたもので、持っていたのか、と意外に思う。

「御守りですか？」

「子どもの頃、同じようなもんを母が持たせてくれてな。道に迷っても、それで最後は帰り道がわかってん」

もっと突飛な話を聞かされるかと思っていたので、すこし拍子抜けしてしまう。顔に気持ちが出ていたのか、草介は口端に苦笑を滲ませた。

「君もこういうものは大事にしとき。引きとめるもんがおらんと、帰り道がわからなくなる」

草介のようなひとでも、道を見失うことがあったのだろうか。

考えていると、頼んだミルクセーキとコーヒーが運ばれてきた。草介のほうに気を取られていたせいで、肝心なことにきづくのが遅れる。ミルクセーキを紅の前に置く少女は、雪子だった。

「あっ」

紅は小さく息をのむ。

「雪子さま……」

その名を耳にしたとたん、相手がみるみる顔を強張(こわば)らせる。

かしゃん、と果敢(はか)ない音を立てて、白磁のカップが倒れた。ミルクセーキが長卓を伝い、音を聞いた店員や客がこちらを振り返る。おびえた風にお盆を胸に引き寄せ、雪子があとずさった。

「チヨちゃん!」

女給のひとりが呼び止めたが、雪子はけたたましくドアを鳴らしてミルクホールを飛び出す。

「追いましょう、草介さん!」

すかさず立ち上がった紅は、雪子に続いて、閉まりかけた扉に手をかける。しかし、草介はのんびりと倒れなかったほうのコーヒーに砂糖とミルクを入れている。卑(いや)しい。じろりと睨むと、紅は財布を入れた信玄袋を草介に放った。

「わたしは先に行きますから！　草介さんはきちんとお代を支払ってから来てくださいね！」

　倒れたミルクセーキを指し、紅はいささか乱暴に扉を閉めた。

古書店が立ち並ぶ神田の街は、シャツに絣を着た学生たちでにぎわっている。

　道の向こうに走り去る雪子のすがたが見えて、紅は通りに飛び出した。危うく前方から駆けてきた乗り合い馬車に轢かれそうになり、怒声を浴びせられながら道を渡る。

「雪子さま、待って！　待ってください！」

　いつもの袴にブーツを履いてこなかったことを紅は今さら後悔した。あのブーツは、父の知人の靴屋が試しに紅の足に合わせて作ってくれたとくべつな靴なのである。慣れない下駄のせいで何度かつまずきそうになりながら、ひとをかき分け、雪子を追いかける。

　神田川にかかった鉄橋に差し掛かったところで、ひとがさらに増える。橋の下では、荷を載せた船が白い筋を引いて行き交っていた。追いかけっこをする子どもたちにぶつかりそうになった雪子が今度はたたらを踏む。

　息を切らした雪子は、橋の欄干を背にして紅を振り返った。

「存ぜぬお方ですが。わたくしに何の御用ですか」

「それは……。あの、わたしは茶木(ちゃのき)紅と申します。誠一郎さん……失踪(しっそう)した一谷誠一郎の許婚(いいなずけ)です」

息を弾(はず)ませつつ素性(すじょう)を明かすと、雪子は目に見えて動揺した。どうして、と途方に暮れた風につぶやき、きっと紅を睨む。

「父の差し金ですか」

こちらを睨み据える雪子の目には、昏(くら)いひかりが宿っている。

草介の話では、父親である船堂(せんどう)男爵は雪子や母親に常日頃から暴力をふるっていたという。猜疑(さいぎ)の滲んだ眼差しを向ける雪子に、「ちがいます！」と紅は言った。

「船堂男爵とわたしとは何の関係もありません。一谷の家とも！」

「では、なぜここに？」

「わたしは、誠一郎さんを探してこの場所に来たのです。雪子さま、どうか教えてください。雪子さまと誠一郎さんは、噂(うわさ)のとおり、化け椿の神隠しに遭われたのですか？　もしそうなら、誠一郎さんもあなたと同じように神隠しから戻ったのでしょうか？」

「言えません」

首を振った雪子が「やはりわたくしたちを連れ戻す気なのね」と独語する。

そうではない、と口をひらこうとした矢先、雪子が決然と鉄橋の欄干に手をかける。

小豆色の小袖が舞い、カランコロン、と高く澄んだ音を立てて、駒下駄の片方が地面に転がった。心臓が大きく鼓動を打ち、身体から一気に血の気が引く。

「女が身投げしようとしてるぞっ！」

通行人が叫ぶ声で、跳ねるように紅は我に返った。

「せつこさま……っ！」

橋の欄干から身を乗り出した雪子に手を伸ばす。なんとか腰に飛びついたが、重みに引きずられ、欄干から半身が飛び出してしまう。橋の上から川までは思った以上に高さがあった。川を往来する小舟の船頭たちがこちらを仰いで、危ないと目を剝く。

「はなしてください！」

もがいた雪子に、「いやですっ」と紅は叫び返す。

踏ん張っていた足がもつれ、勢いに負けそうになる。

背後で女たちの悲鳴が上がった。

落ちる、と傾きかけた身体を別の腕に引き寄せられる。反対向きに力がぐんとかかり、きづけば、紅と雪子は橋の内側に引き戻されていた。

「……そうすけさん」

心臓がどくどくと激しく打ち鳴っている。

足が震えて座り込んでしまい、紅はすんでで助けてくれた男を見上げた。

草介のほうは顔をしかめて、紅たちを引き戻したはずみに打ちつけたらしい腰をさすっている。それから、涙を滲ませた紅にきづくと、「タイタニック号て」と橋の下を通過する小舟についと視線をそらした。

「乗客の半分以上が海のもくずになったらしいですよ、お嬢さん」

いったいなんの話をしはじめるのかと思ったら、嫌味だった。しかもまわりくどい。

腹が立つよりも気が抜けてしまって、紅は詰めていた息を吐き出す。

「もくずにならないほうで、よかったです。神田の川ですけれど」

「まあいちおう、年頃の娘さんやし、水死は悲惨やな」

「いちおうは余計です！」

それから、同じように蒼褪めて震えている雪子に、そっと手を差し伸べる。

「どこも傷めてはおられませんか、雪子さま」

はじめおびえた目をして、差し出された手を見つめていた雪子だが、紅がやんわり微笑むと、きつく引き結んでいた唇をほどいた。

生きています、と消え入りそうな声で囁く。

「……誠一郎さんは、この神田で生きています」

紅たちは事なきを得たが、草介のカンカン帽は橋の下に落ちてしまった。

通りがかった船の船頭が竿（さお）で拾い上げてくれたおかげで、無事草介の手に戻ったカンカン帽は今、日当たりのよい窓辺で乾かされている。衆目（しゅうもく）の中、橋の上でする話でもなかろうと、ひとまず雪子とともにミルクホールに戻ったのである。

事情の一部を打ち明けているのだというミルクホールの老店主は、雪子の顔を見ると、何も言わずに控え室を空（あ）けてくれた。人払いはしておくから大丈夫だと、扉を閉める前に雪子に耳打ちする声が聞こえた。

「あの……」

腕に抱えた男物の羽織を雪子が差し出す。紅たちを助けたときに草介の夏羽織が土埃（つちぼこり）で汚れてしまったので、替えを持ってきてくれたらしい。「おおきに」と草介が受け取ると、雪子は思いつめた風に頭を下げた。

「先ほどは申し訳ございませんでした。父の追っ手にちがいないと、早まったことを……」

うなだれる雪子に、「どうかお気になさらないで」と紅は首を振る。

「カンカン帽と夏羽織なら、たいしたことではありませんし」

「ほいで、僕はこのお嬢さんを引き上げただけやさかい。君はそのついでや」

仮にも男爵家のご令嬢になんと不遜な言い方だろうと思ったが、今は雪子をなだめるためにうなずいておく。紅と草介を見つめ、雪子はほっと息をついた。

「本当に父とは関係のない方々なのですね……」

「もちろんです」

やっと落ち着いて話ができそうだと、紅は窓辺に置いてあった椅子を動かして雪子に座ってもらう。

女給服は着替えてきたらしく、今はこざっぱりとした桔梗紋の小袖に蘇芳の帯を締め、髪は編み込みをほどいて結い直したものに簪を挿していた。寫眞の中の令嬢よりも、頬がふっくらとして目も精気を帯びている。寫眞と実物の違いといえばそれまでだが、雪子自身がまとう空気がまるでちがうのだ。手折られかけた花が生気を取り戻したようだと紅は思った。

「まずはこちらの事情からお話しさせてください」

あらためて紅は口をひらいた。

「わたしは庭師の茶木金吾の娘で、紅といいます。いなくなった許婚――一谷誠一郎さんを探して、ここまで来ました。このひとは時川草介さんといって、わたしの付き添いといいますか、子どもの頃からつきあいのある、兄のようなひとです」

はじめにあった猜疑やおびえといったものが、雪子の目から薄らいでいることにきづく。少なくとも紅たちが雪子を害する者ではないとわかってくれたようだ。

突然この場所を訪ねた非礼を詫びて、紅は続けた。

「横濱では、雪子さまも誠一郎さんも、お屋敷の化け椿によって神隠しに遭ったと噂されています。ですが、あなたは生きてここにいらっしゃる……。先ほど、誠一郎さんも生きているとおっしゃっておられましたね？　誠一郎さんも無事に神隠しから戻ったのですか？」

「――紅さん」

何かを確かめるように紅の名を口にして、雪子は目を伏せた。

椅子にただ腰掛けているだけなのに、膝（ひざ）のうえに手を置くすがたにはどことなく気品がある。百合（ゆり）や芍薬（しゃくやく）といった大輪の華よりも、真冬に一輪だけ色づいた椿のような。

「あなたのことは誠一郎さんから何度か聞いたことがありました。……本当に思っていたとおりの方」

独白めいた言葉をこぼして、雪子は苦笑する。

「ひとつ聞かせてもろうてもええか。男爵家の古椿は、ほんまにひとを隠すんか？」

それまで紅と雪子のやり取りを黙って聞いていた草介が、やにわに尋ねた。はっとして顔を上げた雪子にさらに続ける。

「むしろ、神隠しいうんがそもそもあらへん。ちゃいますか」

「……そこまでわかっていらしたのですね」

息を吐き出す雪子の声に諦念が滲む。

そもそも神隠しがなかったとは、いったいどういうことだろう。

それなのに、誠一郎も雪子とともにこの地にいるというのは。

呆けた顔をする紅に、草介は嘆息した。複雑そうな表情で首裏のあたりをかく。

「誠一郎さんと雪子お嬢さんは、俗に言う駆け落ちをしたんや。船堂男爵の横暴を見かねて、誠一郎さんが雪子お嬢さんを連れ出したいうんが本当のところかもしれへんけど」

「駆け落ち……？」

お芝居の中でしか聞かないその言葉は、口にすると余計に現実味が薄れる。

「ですが、駆け落ちというのは……」

繰り返しているうちに言葉がつかえてしまい、紅は口を引き結ぶ。

男女の事にうとい紅にだってわかる。

駆け落ちというのは、好き合った男女がするものだ。

好き合った男女。つまり、誠一郎と雪子は。

声を失してしまった紅を、雪子は痛ましげに見つめる。

「紅さんには申し訳なく思っているのです。あなたのような方を巻き込んでしまって……。誠一郎さんがいなくなって、さぞ傷つかれたことでしょう」

消え入りそうな声で身をすくめた雪子に、「……いえ」と紅はかろうじて首を振る。

「いいえ、雪子さま」

――三色すみれに桔梗、白詰草（しろつめくさ）や紫陽花。

文机（ふづくえ）のうえに誠一郎が並べた栞がつかの間、花まぼろしのように紅の脳裏によみがえった。

お気に召したのなら差し上げます、と誠一郎は高嶺桜（たかねざくら）の栞を紅にくれた。けれど、花言葉の本にひっそり挟んでいた椿の栞は、ついぞ紅に見せてくれることすらなかった。

あぁそうだったのだ、と。

あのときはわからなかった言葉の数々が、色を変えてつながっていく。

花が憐（あわ）れだと語る誠一郎の眼差しの先に、ずっと誰がいたのか。

この栞は誰を想って挟まれたものだったのか。

わたしでは、ない。

わたしではなかったのだ、はじめから。……まことの恋も。

「ほいで、誠一郎さんは今どこで何してん」

深く俯いてしまった紅を見かねたのか、草介が助け船を出した。

「この神田で、職工として働いています」

それから雪子は、ぽつりぽつりと事情を明かした。

船堂男爵は噂のとおり酒癖が悪い男で、酔うと雪子や母に乱暴をしたらしい。昨年母が死んでからは酒の量が増え、いよいよ手に負えなくなった。男爵家出入りの庭師である誠一郎は、このままではいつか雪子が殺されかねないと駆け落ちを持ちかけたのだという。

誠一郎と雪子は幼い頃から想い合ってはいたものの、身分がちがうふたりでは添い遂げることなどできるはずもない。想いは生涯胸のうちに秘めるつもりだったが、差し出された手を雪子は拒むことができなかった。誠一郎に紅という許婚がいるのを知っていてもだ。

「ですが、こうしてあなたとお会いして、覚悟が決まりました。誠一郎さんはおやさしい方です。わたくしを不憫に思い、手を差し伸べてくれたのでしょう。あなたのもとに誠一郎さんは戻るべきなのです。許婚を探して自らこんな場所まで訪ねてくるような、心根のまっすぐなあなたのもとに」

雪子の手が、思わぬ強さで紅の手をつかむ。

はじめ、白魚のごとき手だと思ったが、よく見ると水仕事のせいで指先が荒れている。

石のように強張(こわば)っていた紅の心に、微(かす)かなさざ波が立った。

暴君の家から命からがら逃げのびたとしても、見知らぬ土地で、慣れぬ女給の仕事につくなど、どれほど苦労が多いことだろう。それでも、雪子は誠一郎の手を取ったのだ。そして、誠一郎もまた、すべてを捨てて雪子の手をつかんだ。

栞が挟まれた花言葉の本。その椿の頁(ページ)に書かれていた言葉。

はじめて会った日の誠一郎の横顔がよみがえる。

――紅さん。

――まことの恋とは、なんだと思いますか。

「ご事情はわかりました」

こみ上げてきた感情をのみくだすと、紅は雪子の手をゆるやかに下ろした。

背筋をしゃんと正し、微(かす)かな笑みをつくる。いつもの自分らしい笑い方ができていればよいと祈りながら。

「ですが雪子さまは、ひとつ勘違いをなさっておいでです」

「勘違い？」

「ええ。わたしが誠一郎さんを探していたのは、横濱に戻ってもらうためではなく――」

胸に手を置き、紅は大きく息を吸い込んだ。

「うっかりものの元許婚に忘れものを届けるため、なんですもの」

瞬きをした雪子に、紅は衿元から取り出した椿の栞を見せる。

「先日、婚約を破棄するために一谷家におうかがいした折、誠一郎さんの書斎にあった本から見つけました。誠一郎さんは、仕事の片手間によくこうした栞を作っていたらしく。そのうちの一枚を、ずっと本のあいだに挟んで大事に持っていたようなのです。わたしもいましがた、きづきました。この椿は、おそらく『雪椿』」

雪深き土地で育つ椿の一種だ。

冬のあいだも雪の重みに耐え、春になれば鮮やかな深紅の花を咲かせる。

「外国には、花のひとつひとつに意味を込めた『花言葉』というものがあります。わたしも偶然、誠一郎さんが栞を挟んでいた本を見て知りました。雪子さま。異国では、椿にこんな意味を込めるそうです」

You are a flame in my heart.

——貴女はわたしの胸で輝く炎。

蓋をあけてみれば、たわいのない。

この椿の栞は恋文だった。

たったひとつ、男が胸に灯し続けた炎の証だった。

「どうぞ、お持ちください。これはわたしがいただいてはならぬものです」

雪子の目に、夕星(ゆうずつ)に似た淡いひかりと戸惑いが浮かんだ。

半ば無理やり雪子に栞を渡してしまうと、紅は立ち上がる。そして、借りていた椅子をもとの場所に戻した。

「わたしは横濱に帰ります。今日見たことは他言しません」

「ですが、紅さん」

「うっかりものの誠一郎さんは、平手打ちひとつで勘弁してさしあげます。もう顔も見たくないので、あなたが頬を張ってやってください。わたしはこう見えて古臭(ふるくさ)く、迷心深い娘です。誠一郎さんも雪子さまもきっと椿屋敷の化け椿にかどわかされてしまったんでしょう。そう信じます」

一谷の屋敷を訪れたとき、秀一郎(しゅういちろう)がかたくなに神隠しだと言い張った理由に、紅はようやく思い至った。おそらく秀一郎は事の真相を察していて目を瞑(つぶ)ったのだ。息子と令嬢の幸せのために。

秀一郎がもともと狭い肩をさらにすぼめて、しきりに紅に謝るすがたが脳裏によぎった。

――すまないね、紅さん。本当にすまない。どうか愚息のことは忘れてやってください……。

あれはそういう意味だったのだ。

「それに、わたしと誠一郎さんは親が決めただけの許婚でしたので、さして心を通わせてなどいなかったのです。うっかりものとお別れできて、むしろすっきりしました」

紅さん、と切なそうに雪子が眉根を寄せる。

涙ぐんだ雪子に手巾を差し出し、お元気で、と紅は微笑んだ。

昼下がりの神田の古書店街を紅はずんずん歩く。

道行く学生たちにぶつかる勢いで、実際ときどき肩をぶつけてしまいながら、ずんずんと。紅の乱暴な歩き方に、なんだあの女は、とぶつかられた学生たちが口々に文句を言う。

それでも、しかめ面をしたまま、決して足を止めることはできなかった。

人ごみを離れたところで、後ろから草介に腕をつかまれた。

「君なあ。そんなに速く歩くとはぐれてまう――」

無理にでも歩みを止めさせられると、こみ上げてくるものを押さえていられなくなる。

大粒の涙が頬を伝い、紅はあっけにとられる草介の前で声を上げて泣きだした。

ひとはまばらとはいえ、昼間の路上である。

何事かと振り返った通行人にきまり悪そうに顔をしかめ、草介は紅を路地裏に引きずりこむ。それから、いまだ泣きやまない紅の頭に乾きたてのカンカン帽をかぶせた。

「あんなあ……それほど好いてはるなら、返してもろうたらよかったんや。今からでも僕が言ってきてあげよか」

「やめて……やめてください！」

今にもきびすを返しそうな草介の腕に飛びついて、紅はかぶりを振る。激しく首を振ったせいで、二本のおさげがぱたぱた肩を打った。眉をひそめた草介に、「だって……」と紅は言い立てる。

「好き合っているふたりの間に分け入るなどできるはずがない。できるはずがないではありませんか……！」

叫んだはずみにまたぽろぽろと涙が散る。恥ずかしくなって紅は童女のようにうずくまった。ぐしゃぐしゃになった顔に手をあてて、嗚咽(おえつ)を繰り返していると、頭上でため息がつかれる。

「ほんま、うちのお嬢さんは面倒なおひとやな」

紅と肩を合わせるようにして、草介もかがんだ。普段はすげない草介がほのかにやさしい声を出すので、ほっとして紅はますます泣けてしまう。

だって、誠一郎とまことの恋をするのだと、紅は思っていたのだ。

きっと見つけ出して、それからまことの恋をはじめるのだって。

誰になんと言われようと、恋も知らない乙女に過ぎなかったとしても、紅は紅なりに誠一郎を想おうとしていた。だからこそ、困難な道をたどりながらも想い合うふたりを前にしたら、もう何も言えないに決まっている。まことの恋を貫いたふたりがしあわせになれますようにと、祈らずにはいられなくなる。そのためなら、椿屋敷の化け椿がふたりをかどわかしたのだと、紅も口を揃えて嘘を言おう。

「誠一郎さんの馬鹿。浮気者。雪子さまと末永くやればよいっ」

洟を啜った紅に、「君は毒婦にはなれへんなあ」と草介が苦笑気味にぼやいた。

そうして何をするでもなく、紅が泣きやむまで隣にいてくれる。なんのかの言いながら、草介は紅を放り出したりしない。家に帰るまで、いつもきちんと手を引いてくれるのだ。

瓦斯灯にあかりが灯りはじめる頃、紅と草介は横濱に戻ってきた。

家路を急ぐ人々が行き交う街を歩きながら、「そういえば、化け椿はなんと言っていたんですか」と紅は尋ねる。

化け椿が誠一郎と雪子をかどわかしていなかったというのなら、椿屋敷を訪ねたとき、草介には事のからくりが見えていたのだろうか。けれど、草介は宵空に似たふしぎな色の眸を眇めただけで、「あれは祟るで」とポツリと言った。

椿屋敷の船堂男爵が急死したのは、それからひと月後。帝が崩御し、元号が代わってほどなくである。持病などもなく、あまりに突然のことだったので、あれは古椿の祟りにちがいない、と人々は噂した。

四

目の前を通り過ぎた野良犬の尻尾で、なぜか黒布の喪章がひらひら揺れていた。

帝の大喪を前に、道行くひとの多くは腕や胸に喪章をつけて歩いている。ついには犬の尻尾や猫の首にまでつけはじめたので迷惑極まりない、と腐れ縁の猫が憤慨していたが、実際に見かけたのははじめてだ。

処暑を過ぎ、横濱にも初秋の風が吹きはじめる頃。もうすぐ着おさめになる夏羽織を引っ掛けた草介は、ひとり野毛の椿屋敷に立ち寄った。

船堂男爵が急死して半月ほどが経つ。土地を相続した親族によって屋敷はまもなく取り壊されるそうだ。いわくつきの古椿も、親族たっての希望で伐採された。神主を呼んできちんと祝詞まであげたからか、はたまた船堂男爵が死んで祟る相手もいなくなったのか、以来古椿にまつわる怪異は聞かなくなったという。

「今日は御礼を言いに来てん。おかげで、うちの雑誌もよう売れたさかい」

草介（そうすけ）が描いた古椿の精はすこぶる評判がよく、雑誌の売れ行きは上々である。これで茶木家（ちゃのき）につけていた賃料をおさめられる。今は切り株だけになった古椿に、草介は手を合わせた。

「そちらさんも、大願成就（じょうじゅ）したようで何よりや」

ひとのいなくなった屋敷では、ただ虫の声だけが白雨（はくう）のように響いている。

切り株のうえにすっと背筋を伸ばして立つ女のすがたが、草介の目にはつかの間見えた。

白い喪衣（もぎぬ）を着た女は草介に頭を下げると、井戸端のほうへとかき消えた。

――椿屋敷には、昔井戸に身を投げて死んだ女がいるそうな。

その怨念が宿ったゆえの古椿であったか。

はたまた船堂男爵に殺されたという前妻か、あるいは妾（めかけ）の未練が男を憑（つ）き殺したか。

「女はおそろしゅうて、かなわん」

苦味を帯びたつぶやきを漏（も）らすと、草介は手にしたカンカン帽をかぶり直した。

暖簾（のれん）が下ろされだした大通りを抜けて、裏通りに面した長屋に帰ってくる頃には、山の端に一番星が上がっていた。長屋の腰高障子の前にしゃがんでいる人影を見つけ、草介は足を止める。縞柄の着物に海老茶の袴をはいて、秋物のショールを肩にかけた少女——紅だった。

長屋に寄りつくぶち猫を撫でていた紅は、草介にきづくと、「おかえりなさい」と声をかけた。ふたつに裂けた尾っぽをひるがえして、ぶち猫が紅の足元から立ち去る。

「遅かったですね」

「なにしとんのや、君」

「お夕飯の誘いに寄ったのですが、あなたがいつまでも帰らないから。こんな夕暮れどきに、どこに出かけていたんです？」

「ちと御礼参りにな。君こそ、こない遅うなるまでひとりで出歩いて、人さらいにでも遭うたらどないすんのか……」

「ひとさらい？」

紅がいまひとつわかっていない顔をするので、草介は嘆息だけをして話をやめにした。

なんのかの言いながらこのお嬢さんを放っておけないのは、箱入りらしい危なっかしさゆえなのだが、紅のほうは自覚がないようだ。けれど、面倒に思うのと同じくらい、紅にはずっと今のままの紅でいてほしいような、相反する気持ちが草介にはある。

「今日は栗ごはんですよ。早生の栗をいただいたんです」

茜色の風呂敷包みを抱えて立ち上がりながら紅が言った。

草介がいつも銭無しのせいで、茶木の家はときどき草介を招いて夕飯をごちそうしてくれる。栗ごはんは草介の好物だった。そらええな、と相槌を打った草介に、紅は得意げな顔をする。

「それと、栗の甘露煮もあります。今年は母と一緒にわたしも作ったのですけど、これがどうしてなかなか美味で」

草介のすこし前を歩く紅は、いつもどおり潑溂としている。

誠一郎の一件からしばらくのあいだは萎れていたものの、生来性根があかるい娘なので、徐々に立ち直ったようだ。

紅があかるさを取り戻したことは喜ばしいが、茶木のおやじの気苦労はこの先もしばらく続きそうである。早く娘の貰い手を探さなければ、と近頃は奥方と縁結びの神社に足しげく通っていると聞く。

「神田の椿はもうええんか」

二本のおさげが揺れる紅の背中に向けて、草介はそっと問いかける。

神田で暮らす誠一郎と雪子のことはもう平気かと、言外に尋ねたつもりだった。

普段はかようなお節介など焼かないのに、夕風になびく紅のおさげを眺めていたら、口をついて出てしまった。なんとはなしにばつが悪くなり、「まあええわ」と自ら(みずか)会話を結んでしまおうとすると、

「はい」

と紅のほうが先にうなずいた。

「高嶺桜(たかねざくら)の栞(しおり)は、一谷(いちのたに)のお宅のばあやさんにあげてしまいましたし」

「高嶺桜？」

「ええ」

隣に並んだ紅の口元に、ふわりと透明な笑みがのる。

「わたしもいつか、まことの恋をする。だから、よいのです」

そうして目を伏せる紅の髪を吹き抜けた風がさらっていった。

ひととき目をうばわれている隙(すき)に、紅は小気味よくブーツを鳴らして歩き出してしまう。早く、と言いたげな紅に首をすくめて、草介も少女の長い影法師を追いかけて歩く。

「まあ、君が行き遅れたら、さいごは僕がもろうてやるさかい、安心おし」

思ってもみないことを言うと、案の定、紅は頬(ほお)をふくらませた。からかわれていると思ったのだろう。その顔が存外愛らしく見えたが、口にするのはやめて、草介は袖(そで)に手を入

れる。

暮れゆく港町の大通りでは、竿を持った点灯夫が瓦斯灯にあかりを入れて回っている。

宵闇にひとつ、またひとつと灯されたあかりを見て、「星みたいですね」と紅がわらった。

並んだふたつの影法師のうえで、橙色の星がまたひとつ横濱の街に灯る。

二　リボンの花幽霊

一

すみれ色のリボンをつけた亡霊らしい。

「おさげを蝶々結びにしてらしてね」

紅（べに）にそれを教えてくれた友人は、いっとうの秘密を打ち明けるように、風呂敷包みを引き寄せて耳打ちした。校舎の窓から射す午後のひかりが、淡く重なった乙女の影を床に浮かび上がらせる。

横濱山手（よこはまやまて）にある花苑（はなぞの）女学校。昼下がりのこの時間、あたらしもの好きの女学生たちは、「伊勢佐木（いせざき）のキネマで新作が封切られたそうよ」だの「橋のそばに新しいカフェーができたみたい」だの、帰りのご予定のことで忙しい。

廊下を過ぎ去る乙女たちを目で追いかけていた紅は、

「紅さん、聞いていらっしゃる？」

と尋（たず）ねる友人のすこし尖（とが）った声で我に返った。

「ええと、すみれ色のおリボンの亡霊……でしたっけ？」

「しかも、お召しものは洋装なんですって。桂花（けいか）さんも見たっておっしゃっていたわ。夕暮れどきに、先生がたが住まわれている寄宿舎のあたりで……。リボンに洋装なんて、ハイカラじゃありません？」

目を輝かせる友人は、亡霊そのものよりも、お召しもののほうに心惹かれているらしい。

確かに、リボンに洋装なんて、亡霊だというのに目を引きそうだ。

女学生に流行りのリボンは高価で、いくつも持つなんてこと、なかなかできない。紅だって、入学祝いに兄に買ってもらった花桃色のリボンを、ほつれを直しながら使い続けているのである。

「わたしも、新しいおリボンがほしい」とつぶやくと、「本当ね」と友人は深々とうなずいた。

「ところで紅さん、午後のご予定は？」

気を取り直して尋ねた友人が「越前屋さんに、新作のすみれの香水が並んでいるそうよ」と教えてくれる。越前屋は伊勢佐木町にある三階建ての大きな呉服店だ。これから何人かで新作の香水を冷やかしがてら、屋上庭園でおしゃべりをして帰るのだという。

友人の誘いには後ろ髪を引かれたが、今日の紅には先約がある。正門のそばにある今が盛りの金木犀の花を、庭師のじいやと摘み取って、茶や香り袋にするのだ。

「残念ですけど、また今度」とひらりと手を振り、友人と別れる。

じいやとの庭仕事を終える頃には、日はだいぶ傾いていた。

生徒たちがはけた校舎は、うすくなった秋の陽で赤銅色に沈んで見える。

「あら、あんなところにも金木犀が」

半分ひらいた二階の窓から、校舎の陰になった裏庭の一角にひっそりたたずむ橙色の花木を見つけ、紅は足を止める。秋風にのって、金木犀の深く艶美な香が運ばれてくる。よい薫りだと目を細めていると、花群れのあいだからふいに小柄な人影が現れた。

紅とそう変わらない年頃の少女のようだ。くるぶしまでを隠す檸檬色のワンピースを着ていて、髪は後ろでおさげをくるんと巻いたマガレイト、上と下にふたつ、はっと目を惹くすみれ色のリボンを結んでいる。なぜか見覚えがある気がして、紅は「あっ」と小さく声を上げた。

もしかして、先ほど友人から聞いた女学校に出る亡霊とやらでは。

「あの、そこのすみれ色のおリボンの方！」

声をかけた瞬間、橙の小花まじりの突風が吹いた。

巻き上げられたおさげを押さえ、あらためて階下に目を向けたが、先ほどの少女はどこにもいない。そんな、とつぶやき、紅は階段をくだって、校舎から裏庭に出た。

狭い裏庭には花をつけた金木犀以外、何もない。それでも、ひとしきりあたりを見回してみたが、何も見当たらず、紅は肩を落とした。化け椿のようなおそろしげな怪異はともかく、同じ年頃の女の子の亡霊なら、おしゃべりをしてみたいと思ったのに。

「あら？」

きびすを返そうとしたところで、金木犀の根本のあたりにひらりと落ちた布切れを見つける。風呂敷包みを片手に持つと、かがんでそれを拾い上げた。

端に精緻な刺繍がほどこされたすみれ色の細長い布。

先ほど亡霊の髪を飾っていたリボンのようだった。

つぎはぎだらけの腰高障子は今日もだんまりを決め込んでいた。

とんとん、と戸板を叩いて、「草介さん」と紅は中に声をかける。

「どうせ今日もぐうたらしているのでしょう。居留守をしても無駄ですよ！」

何度か呼びかけたのち、勝手に戸を引こうとすると、「なんや、お嬢さん」と部屋の中とは思えぬ頭上から男の声が返った。

「草介さん？　どこにいらっしゃるのですか？」

「こっちや、こっち」

「どこです？」

「そこやない。上」

目を上げると、長屋の瓦屋根の軒から男が顔だけをのぞかせた。

きゃっと思わず悲鳴を上げてしまい、紅は肩を震わせて忍び笑いをしている草介を睨めつける。

「どうしてそんなところにいるんですか！」

「うちのお嬢さんがそろそろ賃料の取り立てに来る頃やろな思て」

「銭無しのひとからお金を巻き上げるなんて真似しませんよ。無意味ですもの」

息をつくと、「お嬢さんは菩薩のようにやさしいな」と草介は心にもないことを言った。

「それで、本当は何をしていたんです？」

「おとついの台風で、屋根瓦が一枚落ちた。下板も破れたさかい、ひとまず別の板を置いたんやけど……君、重石をもう一個持ってきてくれへんか」

「いいですけど」

どこからのぼればよいのだろうと考えていると、長屋の側面に竹を組んでつくった梯子が立てかけてあった。風呂敷包みを縁台に置いて、路地に転がっていた大きめの石を拾う。

「おおきに。そこの板のうえに置いてや」

ひなたぼっこをする猫みたいに、草介は屋根のうえにごろんと寝そべっていた。機嫌がよいらしい。秋の爽風に前髪が揺れると、心地よさげに目を伏せる。

長屋の部屋から外してきたのだろう揚げ板のうえに石を置いて、紅も草介の隣に座った。確かに、うらうらと秋の陽が射す屋根のうえは、日当たりの悪い長屋の中よりも居心地がよさそうだ。空がぐんと近くなった場所から、表通りに沿って連なる群青の甍と、岸に船が何艘も泊まる派大岡川が見える。このまま鳥になって海のほうまで飛んでいけたら、どんなに気持ちがいいだろう。

「ほんで、今日は何の用や」

ふわ、と気の抜けるようなあくびをしつつ、草介が訊いた。

「草介さんは、わたしが訪ねるときは、頼みごとがあるときだけだと思っているでしょう？」

「ちごうたんか」

「今日はそうですけれど……」

「まあ、石一個ぶんなら聞くで。一個ぶんだけな」

言い方は気に食わないが、草介をあてにしてやってきたことは確かなので、紅は素直に話をすることにした。女学校に出るリボンをつけた亡霊の話である。うろこ雲を数えつつ

紅の話を聞いていた草介は、

「おおかた、暇をもてあましたお嬢さんがたのつくりばなしやろ」

と紅に背を向けた。

いつもながらこの手の話になると、草介はことさらにそっけない。聞くだけは聞いたとばかりに昼寝をしはじめそうになったので、紅は男の痩せた肩を両手で揺らした。

「つくりばなしではありません。だって、わたしもこの目で見たんですもの」

「ほんまかいな……」

上から顔をのぞきこむようにした紅に、草介は疑り深い目を向ける。

「知らへんかったわ。君、霊視なんかできたんか」

「普段は見えませんけれど。その子はワンピースを着た、色白のほっそりしたお嬢さんで、髪はおさげをくるんと巻いたマガレイト、そしてすみれ色のリボンをつけてらしたんです。見かけたのは後ろ姿ですけど、歳はわたしと変わらないように見えました」

「なんやえらい詳しいな」

「この目で見たと言ったでしょう。本題はここからです」

しぶしぶ半身を起こした草介に、紅はずいと詰め寄る。

「力を貸してください、草介さん。わたし、その亡霊に落としたリボンを返してあげたいのです！」

　そない寄らんでええわ、と草介は紅が詰め寄ったぶんだけ身を引いた。

「で、リボンがなんやて？」

「ですから、亡霊が落としていったリボンを学校の裏庭で拾ったのです。ほら」

　紅は矢絣の衿元から手巾に包んだリボンを取り出す。

　一目で上質だとわかる、すみれ色のリボンだ。

「あのあと彼女を探しましたが、どこにも見当たらず……。どころか、先生がたの寄宿舎に無断で立ち入ったとわたしのほうが叱られる始末です。先生にも訊いてみたのですけど、そんな生徒には心当たりがないと」

「どうせ、外から入り込んだんやろ。リボンを落とす幽霊なんて聞いたことあらへん」

「うちの女学校は、開校中は正門にひとが立っていますし、裏門にいたっては常時施錠がされていたはずです。だいたい、外から知らない女の子が入ってきたら、わたしたちのほうが大騒ぎですよ。しかもめったに見ない洋装で、きづかないほうがおかしいです」

　立て板に水で反論を並べていく紅から、草介は億劫そうに視線を逃す。

「ほいなら、君の言うとおり、女学生の誰かなんやろ」

「そう思って、学校中に訊いて回りましたが、噂の亡霊以外、誰もそんな生徒は知らないというのです。リボンの持ち主だと名乗り出る方もいらっしゃいませんでした。ねえ、おかしいと思いませんか。誰も存在を知らない女学生なんて」

本当に亡霊のようだ、という言葉をのみこんだ紅に、「風が冷たくなってきたな」と草介がつぶやいた。面倒になって逃げようとしているのがみえみえである。むっと眉根を寄せて、紅は草介の行く手をはばむ。

「彼女にリボンを返したいと言ったでしょう」

「そやけど、名前もわからへん、おるかもわからへん『亡霊』なんて、どうしようもないわ。もうけもんやて、もろうたらええやん。値打ちもんのリボンなんやろ」

「ひとさまのものをかすめ取るだなんて、もっとも恥ずべき卑しい行為です！　それに、こんなにうつくしいリボンですもの、大事なものに決まっています。草介さん、亡霊は夜に出るというでしょう。今晩こっそり学校に行ってみようと思うので、ついてきてくれませんか」

「君のそのお転婆は、いったい誰に似たんや」

呆れた風に息をついて、草介は首の後ろに手を置く。

「だいたい、夜て。君、なんと言って家を出てくる気ぃやったんか」

父の金吾は末娘の紅をいたくかわいがっており、乙女の夜のひとり歩きなど、正面きって申し出れば許すはずもない。しかし、紅には自信があった。

「草介さんが一緒だと言えば、父さまも兄さまも安心して送り出してくれます」

「翌朝には、君の兄さまに海に沈められとると思うで。……とにかく、あかんもんはあかん。君ももう女童やあらへんのやし、ちっとは節度というものを考えたらどや」

　なんのかの言いながら、いつも最後には紅につきあってくれる草介であるのに、今日は折れない。しかも、草介のくせに言っていることがわりとまっとうであるのもつまらない。返す言葉がなくなり、紅は唇を尖らせた。

　草介の言うとおり、紅はそろそろ年相応の慎ましさや思慮深さが求められる婦女子だ。ゆえあって流れてしまったけれど、年明けには父と同じ庭師の許婚のもとに嫁ぐつもりで、支度だってしていた。もう子どもではない。それはわかる。けれど、いい歳をして、嫁もとらずに怠惰な長屋暮らしを続けている草介に言われると、むくむくと反発心が湧いてしまう。

「いつものように泣いても、なんも出ぇへんさかい」

「ひとぎきのわるい！　淑女たるもの、人前で泣いたりなどしません」

　声を荒らげたとたん、じわっと涙が滲んできたので、紅はあわてて眦に手の甲を押しあてた。

頬を赤くして俯く。あきらめてはならぬ、と泣きだしそうになるのをこらえ、紅は草介の袖を引いた。

「草介さんの言いぶんはわかりました。わたしも妙齢の婦女子ですし、夜に学校に忍び込むだなんて、はしたないことはあきらめます。代わりに、昼にわたしの亡霊探しにつきあってくれませんか。重石一個ぶんは働くと言ったでしょう？」

「話を聞くとは言うたけど、引き受けるとは言うてへん。亡霊探しなんて、なんの稼ぎにもならへんことをなんで僕がせなあかんのや」

「なら、しかたありませんね」

草介の袖からするりと手を下ろし、紅は目を伏せる。

「あなたが賃料をつけて三月目になることを、忘れっぽい父に伝えることにします」

最後の切り札を出すと、案の定、草介は言葉を詰まらせた。

「台風の季節に家無しになるのはおつらいでしょう。本当はこんな手を使いたくなかったのだけど」

「……君、近頃ふてぶてしさが増したのとちゃうか」

低い声で呻いて、草介は紅に半眼を向ける。

さてなんのことやら、と取りすました顔で紅は小首を傾げた。ふてぶてしいもなにも、挿絵の仕事がなかなか入らず、賃料をつけている草介がわるい。しばらくそのまま待っていると、息を吐くのと一緒に「栗蒸し羊羹」と草介が言った。

「君、前に買うてきたことがあるやん。栗がぎょーさん中に入ったの。あれが食べたい」

　遠回しに聞き入れてくれたのだと察して、紅はみるまに破顔する。

「何本でも持ってきてさしあげます！」

二

　待ち合わせの山手公園は小高い丘陵のうえにあって、異国の船影が浮かぶ青灰色の海が見渡せた。藤棚の下の、風が心地よく吹くベンチに座って、友人から借りた雑誌を読みふけっていた紅は、紙面に影が差したのにきづいて顔を上げた。

「ああ、草介さん」

「何を読んではるかと思えば」

　紅が持つ雑誌の表紙には、ぱっちりした目の少女が花とともに描かれている。

「『少女の友』です」と紅が胸を張ると、「女学生さんにえろう人気みたいやな」と草介が言った。

浪漫あふれる詩や少女小説が載った少女雑誌は、数年前に創刊されたばかりで、ちまたの女学生たちの人気を博している。これまでの紅は、庭師の父にくっついて草木の名前を覚えるほうが楽しく、そういったものにはあまり関心を持たなかったのだが、近頃はちがった。

「『まことの恋』をすると言ったでしょう。何事も勉強が必要なのでは、と思いまして！」

「流行りの自由恋愛ゆうやつか？　誠一郎のときに懲りたと思っとったわ」

「流行り廃りで言っているわけではありませんから」

雑誌を風呂敷にしまうと、紅は葡萄柄のショールをたぐり寄せて、歩きだした草介を追いかける。

紅が淡い想いを寄せていた許婚の誠一郎は、懸想していた男爵家のご令嬢と手に手を取って駆け落ちしたため、婚約自体も破談となった。

誠一郎はすべてを捨てた。庭師の職も、家も、安定した未来も。

それでも、ひとりを選ぶほどの強い想いは、紅にはまだ理解しがたいものだ。

だから、知りたい、と思う。あの誠一郎を駆り立てたほどの強い想い――まことの恋。

もし次があるのなら、必ずまことの恋をした相手と添い遂げるのだと紅は決めていた。

「物語で学んではるなら、えらい遠そうな道のりやな」

「勉強は大事ですよ、草介さん。それにわたし、結構、恋をする才があると思うのです」

「ほーう」

「……信じていないでしょう」

むくれた顔つきをすると、「君は素直すぎるからなあ」と草介は肩をすくめた。

素直すぎると何がいけないというのか。紅はひとに尽くすのは得意だし、生来一途なたちだと思うのだが。

釈然としないまま、しばらくなだらかな坂道をのぼっていると、外国人の邸宅が並ぶ中に洋風建築の木造校舎が見えてきた。

「ここです」と足を止め、紅は校門の脇にある詰め所に声をかける。あらかじめ考えておいた口実を述べると、新入りらしい若い宿直員は快く鍵を開けてくれた。

「なんて説明したんや」

「姉の形見のリボンを忘れてしまったと。あなたはわたしの兄だと言ってあります」

今日は休日にあたるため、雑木林に囲まれた広大な敷地にひとはほとんどいない。白を基調としたモダンな校舎は、普段ならそこかしこから女学生の声が絶えないので、この静けさは紅にも新鮮だった。何よりも、自分の学び舎に草介がいることが可笑しい。

兄のおさがりの御納戸色の縞の御召に藍鼠の羽織を引っ掛けた草介は、正門のそばに生えた金木犀を目を細めて見上げている。短い黒髪がかかる白い頬に秋の陽が映りこむ。

ああこのひとは夏よりも秋が似合うのだな、と紅はひとつ発見する。

「何か見えましたか？」

「そこの金木犀の下で惨殺された亡霊がな」

「まことですか⁉」

「さあて」

そのような、どっちつかずな言い方はよしてほしい。

小ぶりの花をつけた金木犀が急に禍々しいものに見えてきて、紅は蒼褪めた。

「君には、ああいったもんは近づかへんさかい、安心おし」

羽織の袖に手を差し入れて、草介が苦笑する。

「そう……なのでしょうか？」

「あちらさんも、とり憑く人間は吟味する。君のような子は近づいても相手にされへんて、わかってまうんや」

ほいで裏庭てどこや、と草介が訊くので、紅は気を取り直して中を案内する。

今から二十年ほど前、かつて生糸商の豪邸と土蔵があった跡地に、米国の宣教師が建てた女学校は、端から端までが無駄に広い。木造二階建ての校舎を横切り、教師用の寄宿舎をつなぐ渡り廊下に出る。

　金木犀の艶やかな香りがふわりと紅たちを迎えた。校舎に寄り添うようにして、橙の小花をつけた低木が一本立っている。

「このあたりで彼女が消えて……代わりに彼女がつけていたリボンが落ちていたのです」

「ふうん？　確かにふつうの女学生さんはわざわざ来ぃひんような場所やな」

　紅が差し出したリボンを草介は陽に透かした。

　すみれ色のリボンはふちに金糸で模様が描かれている。このうつくしいリボンが髪を飾るさまを想像すると、紅の胸は弾んだ。女学生なら誰もがあこがれるようなリボンである。

「これ、端に英字が入ってへんか」

「英字、ですか」

　ほら、と促されて目を凝らすと、確かに端に金糸で英字が縫い取られている。

「『K』と読めますね。どういう意味でしょう」

「外国ではハンケチに名前の頭文字を刺繍するらしいで」

「つまり、『K』から始まるお名前の誰かですか？」

　俯きがちに記憶をたどっていると、

「おや、紅さんじゃないか」と思わぬ声が校舎のほうからかかった。

緩く波打つ黒髪を外巻きにし、薄藤色と黒の大絣を着た少女。

学友の桂花である。

「桂花さん、どうしてここに？」

瞬きをした紅に、「ごきげんよう」と挨拶して、桂花はひらいた窓の枠に腕をのせる。

「話してなかったかな。僕の姉の菊乃はこの学校に英語教師として勤めているの。そこの寄宿舎に住んでいるから、休日はときどき会いに来ているんだ」

休日だからか、桂花はいつもの袴姿とは異なり、大絣から濃いみどりの長襦袢を見せるおしゃれな装いをしている。肩にかかっているのは精緻な刺繍の入ったショールだ。

横濱商人の娘だという桂花は、小物ひとつをとっても目を惹く。少年じみた口調は、一部の女学生にははしたないと言われているようだけど、艶やかな桂花のたたずまいにむしろ似合っていると紅は思っていた。

「そちらの方は？」

好奇心を隠さず、桂花は草介に目を向けた。

「ええと……このひとは草介さんといって、わたしの兄……でよいですか？」

「なんで僕に訊くんや」

「わたしの兄です」

嘘をつくのはあまり得意ではないので、結局宿直員に言ったのと同じ話をする。

「へえ」とふっくらした唇に指をあて、桂花はさりげなく草介を検分した。

「すてきだ。確か出版社に勤めているんでしたね」

「いや、僕は――」

訂正しようとしてから、草介は顔をしかめる。挿絵師だと言うと、齟齬（そご）が生じることにきづいたらしい。

「……おっしゃるとおり、記者をしておりまして。うちの妹がいつもお世話になっています」

「こちらこそ。紅さんはほかのお嬢さまがたとは異なる感性をお持ちで、話をしているととても楽しいのですよ」

「異なる感性。ははあ」

「なるほど、という目でこちらを見ないでください」

草介の言い方が気に食わず、紅は眉間（みけん）に皺（しわ）を寄せた。

ころころと鈴のような笑い声を桂花が立てる。

「仲のよいご兄妹なのですね。『草介』……『草』はものごとの始まりを意味するから、ご長男かな」

「『桂花』は金木犀ですね。確かにあなたにお似合いや」

さらりと草介が返した言葉に、桂花は虚をつかれたように目を瞠らせる。いつもどこか斜にかまえた桂花にはめずらしい、素直に驚いた表情だった。

「僕は秋生まれなので、家に生えていた金木犀から両親がつけたそうです。……似合うと言われたのははじめてだな」

草介を見つめる桂花の眦にぼうと朱が差す。

恥じらうようにほんのり頬を上気させた桂花に、おや、と紅は眉を上げた。こういったことに疎いとはいえ、紅とて花も恥じらう乙女である。多少の勘は働く。今のやり取りのどのあたりが彼女の琴線に触れたのかはわからないが、とにかく桂花は草介が気に入ったらしい。

思いもよらぬ展開に、紅の胸は躍った。

草介にもいつか春が来たらよいとは思っていたが、その相手がまさか学友の中でもいっとう美人の桂花かもしれないなんて。草介のほうもいつもより心なしか、相手に興味を持っているように見える。

「草介さん、それは?」

会話を続けるふたりの横でひとりそわそわとしていると、草介の手にかかったリボンにきづいた桂花が尋ねた。

「ああ、落としもんの持ち主を探してましてね」

「へえ？」

興味を引かれたようすで身を乗り出した桂花に、「先日、この場所でわたしが拾ったのです」と紅は説明を添える。

「リボンの持ち主に、桂花さんは心当たりありませんか？」

そういえば、亡霊の噂を最初に教えてくれた友人は、「桂花さんも亡霊を見た」と言っていた。おのずと期待がふくらんだが、桂花はリボンを一瞥しただけで首を振る。

「見覚えはないな。この学校の誰かのものなの？」

「生徒かどうかはわからないのですが」

紅は友人から聞いた亡霊の話を桂花にもする。

はじめ関心ありげに聞いていた桂花は、途中で小さく噴き出した。

「リボンを落とす亡霊なんて。皆さんのつくりばなしではなくて？」

「でも、桂花さんもリボンの亡霊を見たと……」

「僕が？」

不思議そうに訊き返されてしまい、紅は口をつぐんだ。

桂花も亡霊を見たというのは、紅の覚えちがいだったのだろうか。

噂に聞いたままのすがたの少女が目の前に現れ、リボンを落としていったので、亡霊の落としものでは、と思い込んでしまったが、もしかしたら紅だけが皆のつくりばなしに踊らされ、見当ちがいの亡霊探しをしていたのかもしれない。

急に自信がなくなってしまい、紅は眉尻を下げた。

「それよりも、あなたの話が聞きたいな、草介さん。また来てくださる？」

窓枠に腕をのせたまま、桂花は花顔に甘い微笑を浮かべた。濡れた黒い眸に、何かを乞うような強いひかりが宿っている。

「ええやあ、ここは坂道が多くて息切れするさかい」

羽織の袖に手を入れたまま、はじめ草介はすげなく首をすくめた。

「でも、きっと来てくれるでしょう？」

「どうやろな」

「来るよ。僕が気になってしかたがないという顔をしているもの」

朱に染まった指先をひらりと舞わせて、桂花は窓枠から腕を上げた。

薄く笑みを浮かべた草介はまんざらでもなさそうである。

次なる逢瀬について、駆け引きをしているふたりからすっかり置いてきぼりを喰らってしまい、紅は口をひらいたり閉じたりする。細かい男女の心の機微は紅にはいまひとつわからないが、斜にかまえた者同士、ふたりは気が合いそうである。

枳殻社では、横濱商人が阿片を密輸しているらしいという話題で持ちきりだった。

なんでも中国商人と組んで、羊毛の積み荷に阿片の小袋を仕込み、税関の目を欺いて輸入するという方法が横行しているらしい。横濱にいったん集められた阿片は、各地に売りさばかれているそうだ。

「これは忌むべき事態だと思わないか、紅。我が国の商人が、阿片密売に関わって私腹を肥やしているなどと！」

なんだか堅苦しいことを言いながら弁当を食べる初をよそに、紅は少女雑誌をめくる。物語の中で繰り広げられているのは、たがいに好意を寄せる男女の恋の駆け引きだ。ふたりの恋路をもどかしく見守りつつ、紅はふと先日の草介との会話を思い出す。

『さっきの君のご学友、どこのお嬢さんや』

『桂花さんのことですか。生まれは横濱だと聞きましたけれど』

ふうん、とうなずく草介は桂花が去った方角をじっと見つめている。

この三文絵師は昔から、紅たち茶木家の人間以外とはほとんどつきあいがなく、そもそも人に興味を示すこと自体がめずらしい。茶木の家族とて、草介が住む長屋の大家である紅の両親が、横濱にやってきたばかりの草介を何くれとなく世話したから、自然と交流が生まれたに過ぎない。

『君、あのお嬢さんと仲良うしてはるんか』

『そりゃあ、桂花さんはあのとおり社交に長けた方で、わたしにも気さくに声をかけてくださいますし』

『へえ……』

草介は複雑そうな表情で、先ほどまで桂花がいた窓枠に触れる。

名残惜しい、と仕草が言っている。こんなことは普段の草介にはないことで、どう声をかけたらよいか考えているうちに、その日の亡霊探しは終わってしまった。「K」の刺繍以外に収穫はなしである。

「兄さま。草介さんって、すこし男勝りなお嬢さんが好みなのかしら」

読みさしの雑誌を閉じ、紅はつぶやいた。

兄に向けて問いかけてはいたが、ほとんど独り言である。しかし、弁当を食べていた初は、目の色を変えて箸を置いた。

「おい、紅！　まさかとは思うが、草介はいかんぞ。何しろ家もない、職もほぼない、銭もなければ、甲斐性もない、誠実さや生真面目さといったひととしての美徳すらない、ろくでなし半歩手前の男だ。あいつみたいなのが義弟になるなんて、身の毛がよだつ！」

「いったい何の話をしているのですか、兄さまは」

　末の妹である紅を初が猫可愛がりするのは昔からだが、時折話が飛びすぎてついていけなくなる。桂花と草介の駆け引きめいたやり取りを話そうかと思ったものの、口をひらく前に面倒になってしまい、紅は雑誌を風呂敷にしまい直した。

　今日、兄が勤める枳殻社を訪ねたのは、一には兄に弁当を届けるためだが、もうひとつ別の目的があった。

「それで、兄さま。先日お願いした女学校の件、何かわかりました？」

　草介と女学校に行く前、初にも、過去に花苑女学校で何か事件が起きていなかったかを訊いていた。仕事の片手間ではあったが、情報を集めてくれたらしい。

「ひとつ見つかったぞ」と取材用の手帳を格子柄のズボンのポケットから取り出し、初は紙をめくった。

「正確には女学校が建つ前――山手が外国人居留地に編入される前の、生糸蔵があった時代だな。生糸商の娘が家に押し入った暴漢に惨殺されたらしい。ちょうど校門近くの金木犀の下のあたりで」

「き、金木犀の下でですか？」

まさしく樹の前で草介がつぶやいていた言葉を思い出し、紅は唖然とする。冗談めかしていたが、あのとき草介は本当に何かを「見て」いたのか。

「おまえとそう変わらない歳だったらしいぞ。若いみそらで憐れなものだと、昔近所に住んでいたじいさまがほろほろ涙を流していた。まあ、じいさまもだいぶボケていて、その子の名前も覚えていなかったくらいだから、細部はちがうのかもしれんが」

「もしかして、名前は『K』からはじまる何かではないでしょうか」

初の話から考えると、金木犀の下で惨殺された生糸商の娘が、成仏できないまま、跡地である女学校に現れているのかもしれない。身を乗り出した紅に、「おまえが気になるなら、もう少し調べてみようか」と初は手帳に「K」と書きつけた。

「縁者をたどれば、その子の名前や詳しい話もわかるだろう。だが、紅。どうして今さら生糸蔵の事件のことなんか調べているんだ？」

「それはその……。わたしたちのあいだで、すこし噂になっていまして。昔、この学校で不慮の死を遂げた方がいたらしいと」

初は亡霊やあやかしのたぐいは信じないたちなので、リボンの話をしてもまともに取り合ってはくれないだろう。そういう初の性格を知っているから、紅も奇怪な出来事についてはまず草介のほうに相談を持ち込んでしまうのだが。

「ただ、時間はすこしかかるぞ。今、別の事件の取材で忙しいから」

「阿片の件ですか？」

「あぁ。数日前に密輸を疑った税関が、目星をつけた商人の蔵に抜き打ちで立ち入り調査をしたんだそうだ。中には届け出どおりの羊毛しかなかったらしいが――、俺は別のところに隠してるんじゃないかと踏んでいる」

「よくわかりませんけど、大変そうですね」

おざなり気味の相槌を打つと、「あっ」と初が大声を上げた。

「今の話は機密だからな。誰かに話すんじゃないぞ。家のみんなや草介にもだぞ」

「そのような話、聞いたほうも楽しくないから話しませんよ」

阿片密輸事件を追っていて忙しいのか、初は近頃、家に帰らないことも多い。初を案じて母がこしらえた弁当を持っていくのは、末子の紅の役割だった。

「あしたは栗きんとんを入れますね。きのう、かあさまと一緒に作ったんです。それと、わたしの件は後回しでよいので、ちゃんと帰って寝てくださいよ」

空になった弁当箱を引き取りつつ釘を刺すと、「紅は本当によい子だなあ」と初がしみじみと言った。

「二度と嫁に行かんでくれ。むしろ一生俺に弁当を届けてくれ。頼んだぞ」

自分勝手なことを真顔でのたまい、初は紅の頭をくしゃくしゃと両手で撫ぜる。この兄はいくつになっても紅を子ども扱いしている。すこしむくれた気持ちになったものの、すぐに表情を緩めて、紅はしばらく兄のされるがままになっていた。

枳殻社からの帰り道、大小ののぼり旗がにぎやかにひるがえる劇場街をぶらぶら歩きながら、紅は行きつけの菓子司で栗蒸し羊羹を二棹買った。

一棹は母たちとおやつに食べようと思いつつ、茜色に染まりはじめた橋を渡る。収穫はなかったが、草介はわざわざ山手くんだりまで亡霊探しにつきあってくれたわけであるし、約束の栗蒸し羊羹くらいは持っていってあげようと思ったのだ。

幼い頃から出入りしていたため、草介の住む長屋には、親戚の家のような慕わしさがある。子どもの頃はお転婆をして父母に叱られるたび、九尺二間の部屋に立てこもって帰らなかったものだ。

部屋の隅でぐすぐす泣いている紅を、草介はだいたい放っておいた。

やさしい言葉をかけてくれることもないが、追い出したりもしない。草介の部屋は、墨と膠の混ざった独特のにおいが染みついていて、そのにおいを嗅いでいると、ふしぎと心が落ち着いた。

泣き疲れて眠ってしまった紅を、草介は日が暮れる前には茶木家に送り届けていたようだ。結局、なんのかの言いながら、あのひとが本当に紅を放り出してしまったことは一度もない。

「草介さん、いらっしゃいますか?」

つぎはぎだらけの腰高障子をいつものように叩くが、返事がない。

おらん、とも言わないし、留守やで、という声も返らない。

「開けますよ」と中に声をかけ、そろそろと障子を引く。もしも中で倒れていたらどうしよう、と心配になったのだが、紅の予想に反して部屋はもぬけの殻だった。午後を過ぎて淡くなった秋の陽が、汚れた絵皿と紙束が重なった文机に射している。

「草介さん、いないのですか?」

共用のポンプ井戸のほうも見て回ったが、それらしき人影はない。

路地で石蹴りをして遊んでいた子どもたちが「絵師さんなら、昼過ぎに出かけたよ」と教えてくれた。草介が出かける場所なんて、枳殻社くらいしか思いつかないので、紅は不審に思う。いったいどこへ行ったのだろう。

「しかたありませんね……」

羊羹だけでも中に置いていこうと、畳のうえに上がる。

そのとき、ひらいた障子から吹き込んだ風が、文机に重なっていた草介の素描を巻き上げた。飛ばされそうになった紙束をあわててつかみ取った紅は、そこに描かれていたひとの顔を見て、小さく息をのんだ。

桂花である。

紙には淡墨で、微笑む桂花の顔がいくつも描かれていた。

「なぜ、桂花さんが……」

草介は挿絵師である。けれど、横濱に流れ着いた十八の頃から、画題は一貫しておどろおどろしいあやかしばかりで、十年のつきあいがある紅ですら、草介がひとを描くのは見たことがない。

――草介さんは、ひとは描かないのだと思っていた。

紅は絵師というものを草介以外に知らないが、おのれの筆を頼りに生計を立てる彼らにとって、「描く」という行為が深い意味を持つことは容易に想像がつく。

その草介が、一度会っただけの桂花を描いたということが意外だった。

本当にそうなのかもしれない、と思う。

あの一度の逢瀬で草介もまた、桂花に惹かれていたのかもしれない。

思いのほかうろたえてしまって、紅はひとまずつかんだ紙束を文机のうえに戻し、飛ばされないように文鎮を置いた。よれた紙を一枚ずつせっせと伸ばしてしまったりなどしながら、「そう……」とつぶやく。

草介の「まことの恋」の相手が、学友の桂花――……。

もっと胸が弾むかと思ったのに、なんだか紙風船がしぼむような気持ちになってしまい、紅は複雑な表情で、少女が描かれた素描を重ねた。

三

丸火鉢にかけた鉄瓶がじゅんじゅんと白い蒸気を上げている。

草介の部屋にある陶製の丸火鉢は、昔、茶木家で使っていたお古だ。鉄瓶を持ち上げた草介は、沸騰した湯を湯たんぽの注ぎ口に入れる。寒がりのうえ、ひとところに座って絵を描き続ける草介は、よく足元に湯たんぽを入れている。

「すこし前、栗蒸し羊羹を置いていったやろ」

火鉢のそばで、長屋に住みつく猫のおタマを撫でていた紅は、すまし顔をつくってうなずいた。

「亡霊探しにつきあってくださったお礼です」

「『K』のお嬢さんは見つかったんか?」

「Kが頭文字の学生だと、やはりひとが多すぎるのです。苗字か名前かもわかりませんしね。初兄さまにも調べてもらっているのですけど、まだ時間がかかりそうです」

ふうん、と生返事をしつつ筆を動かす草介は、表向きはいつもと変わらないように見える。

文机に広げた反故紙に描かれているのは、金木犀の樹だ。銭無しの草介は、一度書き損じた紙を文鎮で引き伸ばして、練習用に使っている。

「この間、どこに行っていたんですか、草介さん」

先日見つけた桂花の素描について尋ねるべきか、見なかったことにするべきか悩みながら、紅は草介の背に問いかけた。さらさらと小花の群れ咲く枝を描いていた草介が、「ああ」と筆に墨をつけ直して口をひらく。

「君んとこの学校や」

「花苑女学校に!?」

「外からぐるっと眺めとっただけやで。中には入ってへんさかい、安心おし」

紅の反応がいささか過剰だったせいか、とりなすように草介が言う。

紅が草介の部屋を訪ねたのは、空が茜(あかね)色に染まり出した夕暮れどきだった。かような時間に、草介はいったい何をしに山手(やまて)の女学校まで行っていたのだろう。もしかして、と思い当たることがあり、紅は膝(ひざ)にのせたおタマのでっぷりしたおなかを所在なくかきまわす。

桂花さんと逢(あ)い引(び)きしてらした——とか？

「そのう、草介さんは……」

嫌がるおタマを胸に引き寄せつつ、紅は尋ねた。

「桂花さんと、もうそういう仲になられたのですか？」

「はあ？　なんやて？」

いぶかしげな顔をして、草介が振り返る。

折悪く、紅の腕から逃げ出したおタマが、畳のうえに重なった反故紙を踏みつけて外に飛び出した。「あのあほ猫」と独りごちて紙を拾い上げる草介を横目に、紅は嘆息(たんそく)する。

こういうまどろっこしいやり取りが、紅は苦手だ。

「だって、ほら。絵を描いていたではないですか」

「なんの」

「ですから……その、女性の……。わたしたち家族のことは、一度だって描いてくださったことがないのに」

思わぬ本音がぽろりと飛び出てしまい、紅は頰を赤らめる。

桂花がやわらかな筆致で描かれているのを見たとき、胸がときめくよりも前に驚き、そのあとなぜか、ずるいと思った。十年間ともに過ごした自分たちではなく、会ったばかりの桂花を草介が描いたことがたぶん、おもしろくなくて……桂花に家族をとられた気分になってしまったのだ。紅にとって草介は幼い頃からずっとそばにいた兄のようなひとだったから。

「なんのはなしか知らへんけど、僕はひとは描かんて、前にも言うたやろ」

紅の感傷など知らんと言いたげに、草介は拾った紙を雑に文机に置く。

「とくに君の絵なんか、もってのほかや」

「もってのほか」

気の利いた答えを期待していたわけではないが、実際に否定されると、胸に氷のつぶてを投げ込まれた気分になる。しかも、紅だけは決して描かないというようなことを草介はいましがた口にした。

「わたしはそんなに不器量ですか……」

「君、なんや変なもんでも食ったんか？」

「もうよいです！」

桂花さんは何枚も描いていたくせに、ひとは描かないなどとぬけぬけと。

口をついて出かけた言葉をぐっとのみくだし、「嘘つきはどろぼうのはじまりです！」

と紅は精いっぱいの悪態をつく。

腰高障子（こしだかしょうじ）を勢いよく引きあけてから、母に預かったおすそわけの柿を思い出し、ずんずんと草介のもとに戻って、柿を包んだ風呂敷を膝に落とした。不意打ちだったらしい。呻（うめ）き声を上げ、草介が悶絶する。

「差し上げます！　嘘つきは柿でも食べて……滋養をつければよい！」

紅としては、これでも精いっぱい悪態をついているつもりなのである。

はあ、と紅はため息をつく。
おさげの毛先をくるくると指でいじりながら、はあ、ともう一度。
きのうは勢いに任せて暴言を吐き、挙句、草介の膝に柿を落として帰ってきてしまった。

今回ばかりは草介はあまり悪くはないし、ほとんど紅の八つ当たりである。桂花のことだって、友人のひとりであるのに、ずるいなんて思ってしまって。

「……さん、……紅さん？」

ひらひらと目の前で手が振られ、紅は瞬きをした。

見れば、まさしく当人である桂花が紅の顔をのぞきこんでいる。女学生たちがかしましく談笑していた教室はしんと静まり返り、紅と桂花をのぞいてひとはいない。ええと、とあたりを見回した紅に、「ようやくきづいたみたいだね」と桂花が苦笑した。

「紅さんたら、朝からずっと心ここにあらずなんだもの。皆さん、いつも元気な紅さんがどうしたんだろうと心配してらしたよ。何かあったの？」

「いえ、その……」

返す言葉に迷い、「そういえば」と紅はいささかわざとらしく話題を変える。

「『K』さんのことで、何かわかったことはありました？」

亡霊探しの最中に居合わせた縁で、「K」のことは桂花にも調べてもらっていた。

「ああ、『K』さんね」と意味深に微笑み、桂花は校舎の窓枠にそっと腰掛けた。どこか気だるい秋の陽が桂花の背に射している。桂花自体が黒い影になってしまったかのように見えて、紅は得体のしれない不安に駆られた。

「ねえ、紅さん。君は本当に……リボンの亡霊に会いたいの？」

尋ねる桂花の声はいつもと変わらない。けれど、なぜかそれがこの先の運命を決める問いのように思えて、紅は一度口を閉ざした。

幼い頃、草介に教えてもらったことがある。

ひとを化かすとき、狐や狸といったあやかしたちは必ず先に問いかける。こちらのつづら、あちらのつづら、どちらが欲しい？　――というように。答えを間違えてはいけない。化かされるとき、ひとはいつも誤ったほうの答えを口にしてしまっているのだ。

「会いたいです」

左胸に手を添えて、紅はこたえた。

「会いたい、い」

こちらを見返す桂花の目が、とろんと水飴のように溶けた気がした。

わかった、とうなずき、桂花が紅の手首をつかむ。

「ついてきて」

いったいどこへ向かっているのだろう。

桂花は目的地を告げず、敷地内の雑木林を突っ切っていく。地面に重なった落ち葉や木の実が、独特の甘い腐葉臭を発していた。ブーツが踏む土はやわらかく、どこか雲のうえを歩くような覚束なさがある。

紅の記憶では、この先には昔の生糸蔵が立ち並ぶ空き地があるだけだ。当然、生徒はおろか、教員すらほとんど近づくことはない。

「あの、桂花さん？　わたしたち、どこに向かっているのですか？」

「『金曜の酉の初刻、巽の門』だよ」

桂花の言葉ははじめ何かの符丁のように聞こえたが、時刻と方角のことを言ったのだと遅れてきづく。呆けた顔をする紅を振り返り、桂花はくすっと流し目を寄越した。

「それが彼らの『とりきめ』なんだ。かわいそうに、あの子は巻き込まれてしまっただけ」

「言っている意味がよく……」

校舎を出てからというもの、桂花は言葉の通じぬ異国のひとになってしまったかのようで、会話もどことなくずれている。それに手首に絡められた五指がひどく冷たい。

何かひとには言えない事情を桂花も抱えているのだろうか。せめて氷のような指先を温められないかと、そっと反対の手を桂花の手のうえに重ねる。

「紅さん」

小さく肩を揺らして、桂花は歩調を緩めた。

「……僕はずっと君と友だちになりたいと思っていたの」

「え？」

「君はあたたかい。木漏れ日のようなひとだから」

桂花の口元には、淡く透きとおった雪花に似た笑みが刷かれている。

「でも」と憂いを帯びた顔をして、桂花は長い睫毛を伏せた。

「草介は、君には近づくなと言う。僕のようなものは君にはふさわしくない、手出しをするなと叱られた」

「草介さんが？」

紅の交友関係に口出しするようなお節介を、あのひとが進んでするとは思えない。困惑気味に眉根を寄せ、紅が言葉の真意を考えていると、木々の向こうに立ち並ぶ古い土蔵が見えてきた。近くの裏門はなぜか開け放たれたままになっている。

「どうして門が……」

つぶやいた紅の腕を引き、桂花は木々がつくった茂みに身を隠す。

「紅さん、静かに」

桂花は明らかに何かを警戒している。彼女にならい、茂みからそっと生糸蔵のほうをのぞくと、門とのあいだを行き交う複数の人影が見えた。日没が近いせいか、顔の判別まではできないが、こんな場所で彼らはいったい何をしているのだろう。

ふしぎに思ってうかがっていると、貨物を運ぶときに使う荷馬車が中に運び込まれた。一頭立ての馬車の荷台には、風雨よけの幌がついている。

生糸蔵の前で荷馬車を止めると、男たちは蔵から俵型の荷を運び出した。中身はわからないが、かなりの量がある。あっという間に荷台がいっぱいになり、最後に、男のひとりが簀巻きにした小ぶりの荷を肩に担いで、荷馬車の中に押し込んだ。ほっそりした少女らしき腕が筵の端から力なく垂れている。

「あっ！」

とっさに紅は大声で叫んでいた。

目の前で何が起きているのかはわからない。わからないが、一大事である。

どうしよう、と思うよりも、目の前のひとを助けなければ、という切迫感のほうが勝った。誰何の声が上がるより前に、紅は自ら立ち上がり、声を張った。

「何をしているのですか、あなたたち！」

思わぬ怒声を浴びた男たちがぎょっとたじろぐ。

「そのひとを連れてどこへ行くのです⁉」

袴をさばいて向かっていく紅にはじめこそ気圧されていたものの、ほかにひとがいないらしいことを察すると、男たちはぎこちなく笑った。

「驚かせるんじゃねえよ。あんた、ここの学生か？」

「だから、なんだというのです。子どもだと思って無体をしたらゆるしませんよ！」

草介いわく。

化かす前に、あやかしたちはひとに問う。

答えを間違えてはいけない。間違えると、あちらのものに足をとられ、家に帰れなくなってしまうから。——人間にもあやかしと変わらぬ魔物がひそんでいるという世のならいに、紅は少々疎(うと)かった。

「この蔵はもう使えねえな」

舌打ちした男のひとりが、紅のほうに手を伸ばす。

火箸(ひばし)で火鉢の中をつついていると、炭がばちんと音を立てて弾(はじ)けた。
はずみに火の粉があたって、あちち、あち、と草介は赤くなった手の甲をさする。
草介が暮らす九尺二間の長屋の部屋は壁板が薄く、つぎはぎだらけの腰高障子からは、夜になるとぴゅうぴゅう隙間風が吹き込む。ぬるまった陶器の湯たんぽを懐にしまいこみながら、草介はかじかんだ指に息を吹きかけた。

墨をつけた筆をちょいと動かすと、紙のうえにたたずむ金木犀が風にあおられて薫る。

「絵師どのは近頃、桂花に夢中やなあ」

低い男の声がからかうようにつぶやいた。

そばに置いた吹き寄せ格子の角行灯が、いびつに伸びた影を壁に映し出す。尖った耳はぴんと立ち、長い尾はふたつに分かれている。風で不規則に揺れる炎のせいか、天井近くまで伸び上がった影に横目をやり、草介は筆を硯に置いた。

「近頃の猫はしゃべるんか。芸達者やなあ、おタマ」

「そりゃあ、おれは九十九年を生きたお猫さまやさかい。そこらの猫とはちゃう」

「ほうか。紅がきのう来たとき、おタマにって鯛のおかしらつき置いていったで」

「ほう。ついにおれさまに奉納があったか」

二股の尾っぽをひるがえして、壁から影が消える。出入り口の水甕のそばに置かれた鯛のおかしらつきを食べに行ったようだ。直後、「草介いるか！」と腰高障子が勢いよくひらいたので、おタマはとたんに猫らしく居住まいを正し、「にゃあ」と鳴いた。

夜闇から息を切らして現れたのは、初である。仕事帰りなのか、銀鼠色の背広に中折れ帽をかぶり、鞄を抱えている。靴を脱ぐのも忘れて部屋に上がり込んだ初は、室内を見回すと、「いないか……」と頭を抱えた。

「どないしたん」

「紅だよ。とうに日が暮れたのに、まだ帰ってこない！　おまえ、あの子がどこへ行ったか知らないか？」

「きのう会ったきりやさかい。学校は？」

「昼過ぎまではいたそうだが、そのあとは誰も見ていないらしい。いつもどおり家に帰ったんじゃないかと先生もおっしゃっていた。おかしいと思わないか。あの子はここ以外にむやみに寄り道をする子ではない。しかも、あの可憐にすぎる顔立ちだろう！　ひとさらいか、あるいは悪党にかどわかされたとか、とにかく早く見つけ出さないとあの子の身が危ない。おまえ、確か変なものが見えただろう。紅が今どこにいるのか、占ってくれ！」

「そない便利屋になった覚えはあらへんのやけど」

拝み屋と占い師をごちゃ混ぜにした初の物言いに、草介は嘆息する。普段は占いのようなものは存在ごと鼻で笑っているくせに、相当うろたえている。

とはいえ、紅が急に消えたというのは妙だ。

あの娘はこれと決めたら自分を曲げない跳ね返りだが、反面、家族思いで、何も言わずにいなくなるなんてことは絶対にしない。

「まさか、花苑の金木犀か……？」

思い当たることがひとつあり、草介は考え込む。

「金木犀がなんだって？」

「いや、こっちのはなしや。警察にはもう話しに行ったんやろ？」

「父が今、伊勢佐木の警察署に」

「ほいなら、君は家に戻り。もしかしたら、ふらりと帰ってくるかもしれへん。僕はちと出かけてくるわ」

「おい、こんなときにどこに行くんだ。薄情ものめ！」

声を荒らげた初から勝手に提灯を拝借し、草介は藍鼠の羽織を引っ掛けて外に出る。

枯れ葉まじりの風が吹いて、長屋の路地に生えた薄をざわざわとしならせる。木戸に手をかけたところで、巨大な影が夜闇からヌッと現れ、鬼火がごとき金の目で草介を見下ろした。

しばし睨みあったすえ、「鯛のおかしらぶん、働いたらどや」と焚きつけると、相手は「にゃあ」といつものわざとらしい鳴き声を返す。そして、煌々と照る月の下、先導するように二股の尾をひるがえした。

◆◇◆

背中から伝わる微かな振動で、紅は目をひらいた。

「ここは……」

直前の記憶をたどっていると、急に背に回された両腕が痛んでくる。縄か何かできつく縛られているらしい。いったいどうしてこんなことになっているのだろうと、埃っぽい暗闇に目を向けると、隣で何かが身じろぐ気配がした。

「あなた、平気？」

「ひゃっ」

見知らぬ誰かがすぐそばにいたことに、紅は飛び上がりそうになる。

思わず身を引くと、肩に固い荷があたった。

「心配しないで。わたしもあなたと同じで、彼らに捕まっただけだから」

外を気にしてひそめられた声は、紅とそう歳が変わらない少女のものに思えた。すこし警戒を緩めて、「あなたはいったい……」と紅は囁き返す。

どうやら紅と少女は荷馬車の荷台に押し込められているらしい。背には俵型の荷が積まれ、幌の外で時折、馬を打つ鞭(むち)の音が響く。少なくとも外に御者(ぎょしゃ)ひとりはいるようだ。がたごとと車輪が回る振動が床下から伝わってくる。

「わたしは薫子(かおるこ)。花苑女学校に勤めている畠山菊乃(はたやまきくの)の妹よ。菊乃姉さまと一緒に、学校の寄宿舎で暮らしているの」

　菊乃は、紅たちに英語を教えている若い教員だ。

　男たちに交じって外国人のひらいた英語塾に通っていたという才女で、ハイカラな洋装と英吉利(イギリス)巻きの髪が目を惹(ひ)く。「菊乃先生の」と繰り返し、紅は肩を触れ合わせるようにして座る少女をあらためて見つめた。暗闇に目が慣れてくると、少女の小柄な輪郭(りんかく)がうっすら見て取れる。

「わたしは茶木紅といいます。庭師の娘で、花苑女学校の生徒です」

「知っているわ。いつも遠くからあなたたちのことを見ていたから。こんな場所でお話をすることになるなんて、思いもしなかったけれど……」

「彼らは何者なのです？」

　学校の生糸蔵から荷を運び出す男たちを思い浮かべ、紅は尋ねる。

　紅の記憶は、男のひとりに衿(えり)をつかまれて引き寄せられたところで途切れているが、あのあと叩(たた)かれるか殴(なぐ)られるかして眠らされ、運び出されたのだろう。そういえば、首の付け根のあたりが痛い。それに桂花がいないようだが、無事だろうか。

「わたしにもよくわからないの。ただ、あの生糸蔵には大量の羊毛が隠してあって、人目を忍んで彼らはそれを外に運び出していたみたい。わたしは目が日光に弱いせいで、学校には通えなくて……。夕暮れにひとりで林を散歩しているときに偶然、彼らが蔵から荷を運び出しているのを見かけてしまったのよ」

――金曜の酉の初刻、巽の門。

意味深な桂花の言葉が紅の脳裏によみがえる。

よもや桂花はこのことを知っていて、薫子を助けるために紅を呼んだのだろうか。けれどなぜ、大人たちではなく紅ひとりを？

「羊毛……」

さらに薫子の言葉から思い出すことがあり、紅は口に手をあてた。

数日前、初から阿片の密輸入の話を聞いた。確か、中国商人と組んだ横濱商人が、羊毛の積み荷に阿片の小袋を仕込んで密輸入をしているという話だった気がする。税関の立ち入り調査では、届け出のあった羊毛しか見つからなかったそうだが、初は別のところに阿片を仕込んだ羊毛を隠しているのでは、と疑っていた。

「まさか、それが今は使われていない学校の生糸蔵だったと？」

兄から聞いた話を口早に説明すると、薫子も合点がいったようすでうなずく。

「だとしたら、学校の宿直員も彼らの仲間ではないかしら」

「宿直の方……ですか？」

「彼が宿直にあたるのが今の時間なの。たぶん、そのときに門の鍵を開けて、仲間を引き入れていたのだと思う。生糸蔵は今は使われていないし、校内でもあのあたりに寄りつく人間なんてほとんどいないもの」

草介と学校に行ったとき、鍵を開けてくれた若い宿直員を紅は思い出した。これといって特徴のない顔立ちをしていたが、そういえば、さっき蔵から荷を運び出す男たちの中に似た顔立ちの青年が交じっていた気がする。

「とにかく、今はここから逃げる方法を考えませんと」

荷台のへりににじり寄り、紅は幌の隙間から外をうかがった。

荷馬車はかなりの速さで夜道を疾走しているようだ。馬車を止めずに飛び降りれば、地面に身体を打ちつけて骨が砕けるか、車輪に轢かれるか、どちらにせよ無事では済まない。

吹きつける風の冷たさに唇を噛み、紅は馬車の前方を仰ぐ。

「この馬車はどこに向かっているのでしょう」

「紅さんの話のとおりなら、さらに別の保管場所に荷を移すつもりなのかもしれないわ。

わたしたちをどこで下ろすのかはわからないけれど……」

「今さらですけれど、これは子女のかどわかしとやらですよね」

「口封じに殺されるというのでなければ、そうね」

囁きあって、紅と薫子は嘆息する。

人買いに捕まった娘たちが女郎屋に売り飛ばされる話ならば、今の世にあってもしばしば耳にした。あるいは異国の船に乗せられ、そのまま帰ることがなかった少女の話も。暗澹(あんたん)たる予感が押し寄せ、紅は俯(うつむ)く。

もしもこのまま家に帰れなかったら――……。

考えだすと、男たちに立ち向かったときの気概(きがい)がしぼみ、子どものような不安がこみあげてくる。こんなことに巻き込まれるなんて、家を出たときは思いもしなかった。家族は夜になっても戻らない紅を案じているだろうか。草介とも喧嘩別れをしたままである。こんなことになるなら、もっと真摯(しんし)に桂花とのことを励ましておけばよかった。なぜあんな八つ当たりをしてしまったのだろうと紅は後悔の大波にさらわれる。

仲良くしておやり、とはじめて草介と引きあわされたとき、父は幼い紅に言った。

複雑そうな事情がある男だけども、おまえは仲良くしてやりなさいと。

紅は孤独や苦悩を知らずに育った少女だ。それなのに……それだから、だろうか。目の前の男が抱えた深淵に、ふいにきづいてしまった。それは、根雪の下にある手つかずの氷のような、容易には溶かし得ない何かだった。幼い紅はそれを言葉とは異なるもので解し、たまらず自分から男のほうに手を伸ばしたのだ。

なかよくしましょうね、と父が言った言葉を舌足らずに繰り返す。

わたしたち、これからずっと、なかよくしましょう。

「やっぱりこのまま帰れなくなってしまうのは嫌です」

涙がこぼれそうになるのをこらえて顔を上げる。

そのとき、視界の端で見覚えのある布切れがひるがえった。

幌のあいだから細く射した月光が、こちらを心配そうにうかがう薫子の横顔を照らしている。ほつれたマガレイトに結んであるのは、すみれ色のリボンだった。色とかたちに見覚えがあり、「それ……っ」と紅は声を弾ませる。

「そのリボンは薫子さんのものですか？」

「え？」

瞬きをした薫子は、肩にかかった髪の房を見やり、「そうよ」とうなずく。

「ふたつ揃えで持っていたのだけど、ひとつをどこかに落としてしまったみたいで」

「もしかして、落としたのは端に『K』と刺繡がされた、すみれ色のリボンではありませ

ん か？」

暗闇の向こうで、薫子がはっと息をのむ。

「ええ、『K』はわたしのことよ。姉さまが英字で刺繍をしてくださったの。紅さんはわたしのリボンのゆくえを知っているの？」

「そのリボンを拾ったのがわたしなんです。あぁ、よかった。あなたをずっと探していたのですよ、『K』さん」

彼女が「亡霊」と呼ばれていた理由に、今さらながら紅は思い当たった。

夕暮れどきの陽光が薄らいだ時間に寄宿舎から抜け出して、敷地内を散歩していたという薫子。それを偶然見かけた女学生たちが「亡霊」だと勘違いし、噂が広まったのだろう。寄宿舎のそばの裏庭で、紅が見かけた「リボンの亡霊」も薫子だったのだ。

「薫子さんのリボンは、わたしの家の棚にしまってあります。あとで必ずお返ししますから」

そのためにも今の状況を打開せねば。

腹をくくり、紅は荷台からもう一度外をうかがう。

紅が大声を出して暴れれば、きづいてくれる通行人はいるだろうか。

だが、川沿いの通りは、瓦斯灯がぽつぽつと灯っているだけで人気はなく、人家の明かりも見えない。どこまでも続く暗い夜道に木枯らしが吹きすさぶ。せめて今がお天道さまののぼっている時間であれば、人通りがあったかもしれないのに。

そこまで考え、紅は肩に触れている積み荷に目をやった。振動で倒れないよう、多くが紐で縛られていたが、荷台にそのまま置かれているものもある。

「ひとまず、痕跡は残しておきましょう」

「痕跡？」

「わたしの兄が阿片の密輸事件を追っているのです。ですので——」

よいしょ、と紅は比較的小さな積み荷を転がし、縛られていない足を使って荷馬車の外に蹴落としてしまう。軽い振動のあと、落とされた荷が後方に転がるのが見えた。

「こうして点々と不審な羊毛を落としていけば、翌朝通行人のあいだで噂になり、いずれ兄さまがきづいてくれるかもしれません」

「紅さんのお兄さまは、警官なの？」

「いいえ、特ダネが欲しいだけのしがない記者です」

しかし、あの兄の紅に対するいささか重たい愛情はほんものである。かような時間まで紅が帰らなければ、今ごろ血眼になって街中を探しているにちがいない。

思いついて、紅はおさげからほどけかかっていたリボンを口に咥えて引っ張る。入学祝いに兄に買ってもらった花桃色のリボンは、あっという間に風にあおられて、後方に飛ばされていった。

「おい、おまえたち！　何をやっている！」

そのとき、車輪が大きく弾んで荷馬車が止まったかと思うと、男のひとりが荷台の幌をめくり上げた。紅が荷を落としたことに早くもきづいたらしい。まさしく今、ふたつめの荷を外に落とそうとしていた紅は顔をしかめた。

「な、何もしてません！」

「嘘をつけ、その足はなんだ！」

「勝手に動いただけです！」

「このっ」

男の手が紅のおさげをつかむ。

身をよじろうとしたが、腕を後ろで縛られているため叶わない。緩くかぶりを振った紅は、さなか、リボンを咥えた小さな影が男の足元を通りすぎるのにきづいて、瞬きをした。二股の尾をひるがえした影は、夜闇に溶け入るように巨大な影へと変じる。前方で馬をなだめていた御者が「ひっ」と短い叫び声を上げた。夜のしじまに絹を裂くような悲鳴がこだまする。

「なんだ……？」

　紅のおさげをつかんでいた男が顔を引き攣らせ、前方を振り返った。その身体も次の瞬間には闇にのみこまれる。

　なにかが男を丸のみにしたようにも見えたが、あまりにすばやく、とても目で追うことはできなかった。つかむ手を失ったおさげが紅の胸にぱさりと落ちる。

「紅さん」

　得体の知れない襲撃者に、薫子がおびえた声を出す。

「そこに何か……いるの？」

　風ではためく幌に、耳をぴんと立てたいびつな影が映し出される。

　速まる鼓動を感じながら、紅はそちらに向き直った。閉じた幌の向こうには、獣くさいにおいが立ち込めている。それから、ひゅうひゅうと咽喉を鳴らす呼気の気配。

「そこにいるのはどなたですか？」

　思いきって、紅は幌越しに誰何する。

「もしかして、わたしたちを助けてくださったの？」

　荒い呼吸を繰り返すばかりで、言葉は返らない。

　しびれを切らし、紅は肩を使って幌をめくる。直後、前方の馬がおびえたように後ろ脚まう。

を跳ね上げた。そのはずみで紅は前のめりに体勢を崩して、荷台から外に転がり落ちてし
「きゃっ――」

ふわりと身体が宙に浮く。

落下の衝撃は思ったよりも軽かった。

おそるおそる目をひらくと、「にゃあ」と愛らしい鳴き声を上げて、紅のブーツのあい
だからおタマが顔を出す。巨大な影のぬしはどこにもいない。

「どうして……」

あたりに視線をめぐらせた紅は、遅れて何かを下敷きにしていることにきづいた。紅の
下で呻く声には聞き覚えがある。

「そっ、草介さん⁉　なぜここにいらっしゃるんです⁉」

「君のほうこそ、なんで突然荷台から降ってくるんや」

草介はどうも、落ちてきた紅を受け止めようとして失敗したらしい。

「お怪我はありませんか？　今下りますから」

仮にも殿方を尻に敷いてしまったことに赤面し、紅はあわてて身体を離す。草介も膝を
ついて身を起こし、そばに置いてあった提灯を取った。

「あ、ええ。羊毛を蹴り落としたせいで、まだ爪先がじんじんとしていますが」

のんきなことを言っていると、草介が深々と息をついた。提灯をかざして、紅に怪我がないかをひととおり確かめる。それから、こめかみに大きな手が触れ——、瞬きをした紅の頭に拳骨が落ちた。


「君のほうは無事か」


「君はあほか」

ぽかんと紅は口をあける。頭蓋に響く衝撃はあとからやってきた。

「阿呆って……。それよりも、どうして利き手で殴るんです！　あなた、いちおう絵師でしょう？」

「路上で尻叩きせえへんかったさかい、感謝してほしいくらいやわ。ひとさらいて。君というお嬢さんはほんま……お転婆やのうて、ただのあほや。海の向こうにいっぺん売り飛ばされたらええんちゃう」

息をつく間もなく悪態をつかれて、紅は震える唇を引き結ぶ。

おこっている、と思った。めずらしく、草介が本当に怒っている。

「阿呆ではありません……」

言い返してみたが、堰を切ったように涙があふれて止まらなくなった。

きつい言葉で叱られたことにではない。ほっとして、張り詰めていたものが緩んでどうにもならなくなってしまったのだ。

途切れ途切れにしゃくり上げつつ、縄をほどいてもらった手で涙を拭っていると、ほどなく遠方で複数の提灯の明かりが揺らめいた。紺詰襟の制服を着た警官のようだ。

「君が羊毛をごろごろ転がしとったやろ。ほいで、警察に通報するひとがおったんや」

「え？　でも……」

それなら、先ほど男たちを襲撃した巨大な影は何だったのだろう。

御者席に寄りかかるように気絶している男はひとり。他には猫のおタマが腹いっぱいという顔でゲップをしているだけで、紅のおさげをつかんで怒声を発していた男のすがたはない。あのひとはいったいどこに行ってしまったのだろう。それに、草介はなぜ、警官たちに先んじてこの場所にいるのか。

次々と浮かんでくる疑問をとどめるように、草介は紅の口元に人差し指をあてる。

それでしまいだった。草介に言わせれば、たぶん不可思議なことはすべて「今時分、流行らない」のだ。

「ほな、今日起きたこと、あちらさんにきちんと話せるな」

紅を立たせた草介は、背をかがめて、花桃色のリボンを紅のおさげに結び直す。荷台から落としたはずなのに、拾っていてくれたらしい。リボンを結んだおさげを肩に戻すと、まだしゃくりあげている紅の頭を大きな手で雑にかき回した。

「さっさと泣きやみ。淑女は人前で泣いたりせぇへんのやろ」

「はい……」

さっきは怒っていたのに、今こちらを促す声はほのかにやさしい。

なんのかの言って、結局このひとは紅を放り出したりしない。最後には必ず手を引いて、家まで帰してくれる。たぶん紅だけが知っている、それは草介のほのあたたかな一面だ。

四

「横濱(よこはま)の明石(あかし)商会が、阿片(アヘン)の密輸で摘発を受けたそうですよ」

枳殻社(からたちしゃ)が発行する政治雑誌「横濱政報」をめくり、紅(べに)は草介(そうすけ)に言った。

紅の膝(ひざ)では、ぶち猫のおタマがつきたてのお餅(もち)のように丸まって眠っている。「初(はつ)の記事か？」と火鉢(ひばち)の前で手を擦(す)り合わせていた草介が尋(たず)ねた。

「ええ。はじめての特ダネだと、家で祝杯をあげていました」

意図せず紅も巻き込まれてしまった密輸事件だが、あのあと荷台の積み荷があらためられ、運び屋の男たちはお縄となった。その後、警察の取り調べで、彼らと明石商会の関係が明らかになり、今回の摘発につながったらしい。

「それにしても、あの晩、わたしたちが運び屋に捕まったこと、よくわかりましたね」

「君がいなくなるいうたら、リボンの亡霊がらみやと思てな。君んとこの金木犀に訊きに行ったんや」

「金木犀……桂花さん、ですか？」

紅は衿元にしまっていた一枚の古い寫眞を取り出す。

事件が落ち着いてしばらくしたあと、初がくれたものだ。

花苑女学校が建っている敷地にもともと住んでいた生糸商の娘で、名前は桂花。セピア色の寫眞の中では、十六、七の少女が嫣然と微笑んでいた。

一目見るなり、紅は声を失ってしまった。似ているのではない。寫眞の中の少女は、桂花本人に見えたからだ。紅の予感を裏付けるように、数日ぶりに登校すると、「桂花」という名前の女学生は跡形もなく消え去っていた。思い返せば、横濱商人の娘であるとか、英語教師の菊乃の妹であるとか、彼女が語っていた話はどれもでたらめで、実際のところ紅は桂花の苗字すら知らないでいた。なんだか狐につままれたような気分である。

「『桂花さん』は、屋敷に押し入った暴漢に惨殺されたのだと、初兄さまが言っていました」

「ああいう子は時折いてる。未練を残して死ぬと、なかなかもとの場所から離れられへんようになってまうんや。君たちが毎日楽しそうにしてはるから、交じりたくなってしもうたんやろな」

「皆、桂花さんのことは記憶があやふやで……いったいいつから学校にいたのか、どこへ行ってしまったのか、わからないというのです。先生にいたっては、そんな名前の生徒は存在しないと」

「あの子はたぶん同年代の君たちにだけ、見えてたんやと思うで」

薫子(かおるこ)のゆくえを聞いたとき、「会いたい?」と尋(たず)ねた桂花が、紅の脳裏につかの間よみがえった。

薫子の危機を察して、桂花は生糸蔵まで紅を連れていったのだろうか。あの日の桂花の真意はわからないままだ。けれど、紅の手を引いたときの桂花のどこか切迫した横顔はつくりものではなかったと、紅は思っている。

――紅さん。僕はずっと君と友だちになりたいと思っていたの。

「わたし、桂花さんともうすこしお話がしたかったです」

「相手はこの世にはもういーひんで」

「それでも。もっとお話ししたかった」

目を伏せて膝のうえのお夕マを抱き上げていると、文机に積まれた紙束の中から草介が一枚を引き抜いた。羽織を引っ掛けながら、「ちと、つきおうてくれへんか」とめずらしく草介のほうから紅を誘う。

休日だからか、元町の大通りは内外人でおおにぎわいだった。

うろこ雲の広がる空は青く、爽やかな秋風が店のあいだに植わった金木犀の香りを運んでくる。浅間神社にいたる百段階段が、空に架かる梯子のように正面に伸びている。石段の途中で休んだ配達屋の横で、おかっぱの子どもたちが鬼ごっこをして遊んでいる。

肩にかけた葡萄柄のショールを引き寄せ、「そういえば」と紅は隣を歩く草介を見上げた。

「女学校の皆さんが噂していた薫子さんのワンピース、菊乃先生のおさがりだったんですって。道理でハイカラなわけです」

「あぁ、例の亡霊少女な。元気にしてはるん？」

「じつは菊乃先生に頼んで、金曜の午後は寄宿舎に遊びに行くことにしたんです。薫子さんはお身体のせいであまり外にお出かけできないそうで……だから先生がたも薫子さんのことはほとんど知らずにいたんだとか。でも、それだとちょっと退屈でしょう？」

「それで君のほうが訪ねることにしたんか」

「お友だちのしるしに、リボンの交換もしたんですよ。ほら」

下ろし髪につくった編み込みには、今すみれ色のリボンが結んである。

薫子にとっては、姉から贈られた大切なリボンだという。紅が持っているのも、女学校の入学祝いに兄に買ってもらったものである。大事なもの同士だと交換したリボンは今、ふたりの乙女の髪をそれぞれ飾っている。

「まあ、君にはお似合いなんやないか」

「でしょう?」

「あっちにひらひら、こっちにひらひら、危なっかしいところが特にな」

らしくもない賛辞をくれたのかと思えば、お小言のほうだった。

「あの晩のことなら、反省していると言ったでしょう」と紅は唇を尖(とが)らせる。

「僕やのうて、初に言ってやりんさい。あんときの初の取り乱しぶりときたら、見ものやったで」

「草介さんは?」

「うん?」

「草介さんにも心配をおかけしましたか?」

「……まあ、ぼちぼちな」

草介らしい淡白な返事だったが、本当に何の心配もしていなければ、怒ることだってしないだろう。あのときのやり取りを思い出し、ふふっと紅は口元に笑みをのせる。

「急に笑いよって妙な子やなあ」

「大切なひとたちに心配をかけるようなことはもうしません。――あぁ、金木犀が見えてきましたね」

花苑女学校の正門近くにたたずむ金木犀は、だいぶ香りが薄らいだものの、橙色の小花をまだ残していた。

この金木犀をもう一度見たいと言ったのは草介である。

以前この場所を訪れたとき、樹の下で惨殺された亡霊ならいた、と草介は冗談めかして言った。あれは本当だったのではないかと紅は思っている。まさしくこの場所で、草介は殺された桂花の霊を見たのではないかと。そして、裏庭でもう一度、今度は紅の学友だと名乗る同じ顔の少女に会った。

あのとき、草介がしきりに桂花を見つめていたのは、たぶんそれが理由だ。桂花もまた、自分の正体にきづいたらしい草介に興味を持った。よくよく考えてみれば、単純なことだったのに、てんでちがう方向に解釈していた自分がすこし恥ずかしくなる。少女雑誌にばかりうつつを抜かしていたせいだろうか。草介は一度も、桂花に恋をしたなんて言っていなかったのに。

今、金木犀の細い幹に触れる男の横顔を紅は仰いだ。

草介の眼差しの先に桂花はいるのか、いないのか。ふたりがいかなるやりとりをしているのか。紅には想像もつかない。さりとて、桂花さんはいらっしゃるのですか、とも訊いてはならぬ気がした。代わりに一歩を踏み出して、草介の隣に立つ。

「そういえば、わたし、桂花さんにひとつ伝えたいことがあったのです」

草介は黙っていたが、紅の声が聞こえているらしいことは察せられた。草介と同じように金木犀の幹に手をあてて、紅は艶美な少女を思わせる香りに目を細めた。

「桂花さん、友人になりたいとあなたは言ってくれたけれど。でもわたしたち、あのときにはもう友人だったじゃないですか。……少なくとも、わたしはそう思ってましたよ」

残り香だけをおいて、花の園から消えてしまった少女。

その名前を紅はこの先も秋が来るたびに思い出すだろう。

学校を出て、新たな人生を歩みはじめても、金木犀の香りにきづくたびに思い出すはずだ。

ほうか、とつぶやき、草介は懐から畳んだ紙とマッチを取り出した。

もしかして近頃素描を繰り返していた桂花の絵だろうか。確かめる間もなく、草介は紙を片手にマッチを擦る。青い炎が瞬く間に紙を包んだ。ちぎれるように舞い上がった紙片が空に吸い込まれていくのを見届けると、草介は手に残った灰を払う。

「何をなさっていたのですか？」

「ええ加減、あちらの世に行けるようにな」

地面に落ちた花殻をよけて歩きだしながら、草介がつまらなそうに言う。

「そんなことができるのですか、草介さんは」

「できひん。僕にできるのは絵ぇ描くことだけや」

草介の口ぶりはそっけない。

――拝み屋だのなんだの、今時分、流行らない。

いつもどこか投げやりに言う男の真意にふいに思い当たって、紅は目をひらいた。

あぁそうか、と胸に落ちた言葉をそっとのみくだす。このひとはきっと。わたしたちには見えないものが見えて、聞こえないものが聞こえてしまうこのひとこそがきっと――……「彼ら」を救えぬやるせない世をまのあたりにしているのだ。

「草介さんはだから、ひとではなく、あやかしばかりを描くんですね」

きづいたとたん、紅の胸にきゅうと一筋の引き締められるような痛みが走った。それは、普段は見ええぬ男の業にいたずらに触れてしまったゆえの痛みで、その業がたやすく解けないとわかってしまったからこその切ない痛みだった。

「ねえ、草介さん」

つとめて声を張り、紅は草介の前に立った。

「この先、あなたがもし『まことの恋』をすることがあったら。そうせずにはおれない女性があなたの前に現れたら。わたしに教えてくださると約束してくれませんか。わたし、どんな壁がたちはだかっていたって、必ず草介さんの『まことの恋』を叶えてさしあげます」

「そない妙なもん、いつから僕まで探しとることになっとったんか」

面倒そうに顔をしかめる草介の両手を取って、「そしていつか」とかまわず紅は続けた。

「あなたの『恋したひと』をわたしに描いて見せてください」

ブーツの底で地を踏んだ拍子に、星の欠片のような小花が軽やかに舞う。誰かが大手を振って励ましてくれた気がして、紅は微笑んだ。きっと桂花さんだ、と思った。わからない。けれどきっと金木犀の下では、桂花さんが悪戯めいたあの微笑で花を降らせている。

「ほんま、けったいなお嬢さんやなあ」

何やら呆れた風に草介がぼやく。

苦笑を含んだ、されど存外暗くはない声だった。

「……一枚だけ。昔、小さなお嬢さんを描いたことならあったで」

つながれた手を下ろしながら、ぽつりと草介が言った。

「幼い君や。えろう泣きつかれて、面倒やったさかい」

「ええ？　まったく覚えがありませんよ」

記憶をたどるように紅は眉根を寄せる。

確かに幼い頃は、ささいなことでむくれるたび、草介の部屋に逃げ込んでいた気がするが。

「あんときは、僕の膝丈くらいやったもんなあ、君」

「さすがにそれは言いすぎでしょう」

「描かへんなら、もう家には帰らへん言うて大変やったんや。あんときはほんま、この餓鬼、井戸に投げ込もうかと思たわ」

「その節はご迷惑をおかけしました……」

「そやから、あれ以外はもう描かん」

羽織の袖に手を差し入れ、草介はつぶやいた。

「描かん、この先も」

その言葉は思いがけず紅の胸深くをさらっていった。

瞬きすることすら忘れ、しばし立ち尽くす。すぐに我に返ったが、草介がどんな顔で言ったのかはわからずじまいだ。

「ちゅうか、あんまり不細工に仕上がったさかい、二度とごめんやわ。しかも君は動くし、途中で寝てまうし、おタマでももちっと静かにしとるやろ」

「子どもの頃から落ち着きがなかったのはみとめますが。これでも、兄さまにはつねづね目の中に入れても痛くないとすら言われているんですよ」

「初のあれはただの病気や。あきらめ」

肩をすくめ、草介はカランと駒下駄(こまげた)を転がした。

ほな帰ろか、と当たり前のように声をかけられ、紅は眉をひらく。

「ええ。暗くならないうちに」

校門を出て見上げた茜空には、ふっくらした月と夕星(ゆうずつ)が揃(そろ)いの宝石のように輝いている。

念願の特ダネをものにした兄の初も今日は家にいるだろうし、久しぶりに草介を連れて帰ってみようか。この間母と作った栗きんとんがまだ残っていたはずだ。

あたたかな炊事の煙がそこかしこで上がる坂道をくだりながら、この三文(さんもん)絵師がいつか描くかもしれない想い人のすがたをつかの間夢想し、わるくない、と紅は微笑んだ。

三 狗神の恋

一

差出人のない年賀状が紅（べに）あてに届いたのは、年が明けた正月三日のことだ。

葉書からは微（かす）かな椿（つばき）の香（か）がした。端正な水茎（みずくき）で、紅や茶木家（ちゃのき）への詫びとささやかな近況がつづられている。結びに、駆け落ちした細君（さいくん）が身重になったらしい旨（むね）が添えられていた。派大岡川（はおおおかがわ）の河原で、風に晴れ着をなびかせながら年賀状を読んでいた紅は、まあ、と口元に手をあてる。まことの恋はいつのまにか、まことの愛へと変わっていたらしい。

正月三日の街は静かで、いつもなら積み荷を載（の）せた小舟が行き交う川も、今日は川岸の柳がさらさらと揺れているだけだ。ひとがまばらな橋のうえを、羽を畳んだかもめがのんびり歩いている。背後からそろりと近づいた野良猫がその足に飛びつこうと躍（おど）り出る。せわしない羽音ののち、空振りに終わった猫の頭上で、かもめが小馬鹿にするようにひと鳴きした。

横濱（よこはま）は今日も平和だ。

葉書を信玄袋（しんげんぶくろ）にしまうと、紅は膝（ひざ）にのせていた風呂敷包みを抱えて立ち上がった。

いつもとは異なる街のようすをもう少し眺めていたかったが、今日の紅には大事な用がある。この三段重ねの重箱だ。中には、茶木家の男たちが杵でつき、女たちが丸めた年賀の餅が詰めてある。

年の初めに、挨拶がてら長屋の住人ひとりひとりに丸めた餅を手渡すのが茶木家の習わしで、今年は紅が配る役になった。何しろ、父の長屋の住人たちときたら貧乏人ばかりで、おせちの用意がないのはもちろん、戸に正月飾りの代わりに数本束ねた松の枝を飾っているだけの家がほとんどなのだ。

「皆さん、今年もよろしくお願いします」

長屋を一戸一戸訪ねて餅を渡し、ついでに老爺の茶飲みばなしにつきあったり、先日生まれたばかりの赤子の子守を手伝ったりする。すべて回り終える頃には、重箱を抱える腕が痺れ、くたくたになっていた。最後のひとつ、つぎはぎだらけの腰高障子の前に立つと、紅は気を取り直して、えへん、と咳ばらいをした。

「草介さん。年が明けましたよ、草介さん！」

万事怠惰なこの絵師は、日がなごろごろしているせいで、紅に起こされて数日遅れで年明けにきづいたりする。ふつうなら、近所で挨拶くらいは済ませていようものだが、草介に限っては紅のほかに訪ねてくるひともいない。流れ者ゆえ、横濱近郊には親戚も知人もいないようだ。

　今年もやはり惰眠をむさぼっているのか、返事のない障子戸をあきらめずに叩いて、

「起きてください、草介さん！」と紅は声を張った。

「起きないと、このお餅は持ち帰って、家でわたしがきなこと黒蜜をかけていただきますよ。醬油をかけて海苔で巻くのもよいし、あんころ餅にするのもよい。父さまが剛腕をふるってついたお餅なので、とてもやわらかでおいしいのです。ほら、いつまでも眠っていないで、早くこの戸をあけてください」

　などと、まくし立てているさなかに、叩いていた戸が勢いよく横に引かれた。

　渋面をして戸の前に立っていたのは草介である。

　めずらしい。いつものように寝起きという風ではなく、年末に繕い直してあげた藍縞の紬に綿入りの半纏を引っ掛けている。起きていたのか、と感心しかけたところ、草介の肩越しに女がふたり、こちらを見ていることにきづいて、紅は瞬きをした。

「お客さまが。めずらしい……。ではなく失礼を」

　草介の長屋に来客など、いまだかつてあったためしがない。

　はしたないとは思いつつ、紅は好奇心からつい中をのぞいてしまう。

　ひとりは紅よりいくらか年上の女で、栗毛に近いやわらかそうな髪を後ろで結い、赤珊瑚の簪をひとつ挿している。子猫めいた可憐な顔立ちをしていて、目が合うと、紅に向け

てくすっと微笑み返した。もうひとりは、髪の色が雪のように抜け落ちた老婆で、女に寄り添うように正座をしている。色素の薄い眸や細い眉のかたちが似ているから、血縁者だろうか。ともに昔ながらの旅装をしていて、そばには振り分け行李と編み笠が置いてあった。

いったい草介とどのような関係の女たちなのだろう。紅には見当もつかない。

「なんの用や、お嬢さん」

女たちが紅を見る目に敵意はなかったが、草介のほうは機嫌がわるい。さっさと追い返したくてたまらないという声で、おざなりに訊く。

「いえ、用というわけではないのですが……」

言葉に迷い、紅は三段重ねの重箱を胸に引き寄せた。

「年賀のお餅をお持ちしたのです。毎年お配りしているでしょう？　あとお餅につけるきなこと黒蜜と……」

「そらどうも。ほな、用は済んださかい、帰り」

重箱を受け取るや草介が障子戸を閉めようとするので、紅はとっさに戸の框をつかんだ。

「なんや」

「なんや、ではありません」

やはり不機嫌そうな草介を下からぎゅっと睨めつける。

すげなく追い返されたからといって、しょぼくれて帰るようなしおらしさを紅は持ちあわせていない。否、そのような繊細な娘であれば、この面倒くさくて気分屋の男と十年以上つきあえていない。

「あなたときたら」とずいと草介に詰め寄り、紅は口をひらいた。

「年明けの第一声が『なんの用や』なのですか。長年の恩ある大家の娘であるわたしに、なんの挨拶もなく？　草介さんが堅苦しいことを嫌うのは知ってますけど、不義理にもほどがあります。わたし、今たいへん機嫌を損ねているんですからね」

言い立てながら、紅は草介の肩越しに室内のようすをうかがう。

草介の態度から察するに、彼女たちが歓迎されているとは考えづらい。よもや紅たちに隠れて賭博にでも手を出して借金を作ったか。彼女らはその取り立て屋か。こういうときはだいたい草介が悪いが、草介の生活を預かる大家の娘として、見放すわけにもいくまい。

しかたないので、紅は草介の袖を引き、なるべく小さな声で囁いた。

「草介さん。困りごとがあるなら、相談にのりますよ」

「何言っとんのや、君。ちゅうか、ええから今日ははよ帰り」

焦れた風に紅を外に押し出す草介の背で、ぷっと噴き出す声がこぼれる。

間髪をいれず、女たちの華やかな笑い声が室内で弾けた。

「いややわあ、草ちゃんたら。すました顔してはる思うたら、こないかいらしい女の子の尻に敷かれとるなんて。隅におけへんねえ」

「つや子さん。お嬢さんがたまげた顔してはるさかい、もうすこし声をひそめな」

「ええやん、おばあさん。お嬢さんにも事情は知っといてもらいましょ」

つや子と呼ばれた女は、悪びれずにふわりと肩をすくめる。老婆のほうもたしなめてはいるが、つや子に向ける眼差しは穏やかだ。草介に対するふたりの口ぶりといい、借金の取り立て屋という雰囲気ではない。

ますます困惑を深めた紅に、観念した風に草介が息をついた。

「故郷の幼馴染みや」

「おさななじみ？」

思いもよらぬ言葉に、紅はぽかんと口をあける。

草介がそれ以上説明しようとしないので、「あんたはんはいつも言葉が足りん」とつや子がぼやいて、草介の長身を押しのけるように紅の前に顔を出した。

「お嬢さん、お初お目にかかります。京の大江山のふもとから参りました、緒方つや子と申します」

ひかりの加減で金色を帯びる目が、猫のようにすぅっと細まる。

可憐な顔立ちをしているのに、目の奥にある輝きは、獲物に飛びかかる前の獣に似て獰猛だ。紅の胸に生じた微かな違和感を見透かしてか、つや子はふふっと軽やかに笑った。

「こちらは祖母のミクズ。年明け早々えろうすいまへん。草ちゃんがいつもお世話になっとります」

草介とは、大江山のふもとにある小さな町で草介が十八になる前までともに育ったのだと、つや子は語った。

草介が京にある絵師の家の出であることは、紅も父から聞かされていたが、故郷のことを聞いたのはこれがはじめてだ。当然、家族や同郷の人間がこの長屋を訪ねてきたこともない。

「ほんま大変やったでー、うちもおばあさんも長旅ははじめてやさかい。草ちゃんもなにも、こない遠いところまで逃げへんでもええやん」

「この長屋のことは誰に聞いたんや」

「あんたはん、おかあさんの法事のとき一度絵を寄越したやろ。美影さまがそのときの封書を大事に持っとって、その消印が横濱かて、見当つけた。草ちゃんが絵以外で食えるわけがあらへんさかい、あとは虱潰しにあたったわ。枳殻社やて？　よくしてもろうてるらしいやん」

「そら、えらいご苦労なこって」

滔々と語るつや子に背を向け、草介は文机の前で墨を磨っている。大変な労苦をおしてやってきたふたりだというのに草介がもてなしひとつしないので、紅は火鉢に鉄瓶をかけて湯を沸かし、きなこと黒蜜をかけたお餅を出した。

「おおきに」とミクズが皺の寄った目元を和らげて頭を下げる。

「お嬢さん。そこのばばに、そない気ぃつかわへんでええで。どうせろくでもないことしかせえへんばばや」

「目上の方になんて口の利き方をするんですか、あなたは」

紅がつい咎めると、「ええんよ、紅さん」とミクズが苦笑する。

「急に訪ねてきたら、草ちゃんかてたまげるわな。そやけど、あんたはほんに変わらへんなあ」

「ばばはますます老けたな。――ほいで、用は？」

墨を置いて、水差し用の青磁の水滴を取りつつ、草介が尋ねる。

つや子とミクズがそれとなく視線を交わした。つや子にうなずくようにして、ミクズが草介の前に進み出る。

「用はふたつや。あんたはんに関する話と、つや子の話。どちらから聞きますか」

「ええから、はよし」

「ほいなら、あんたはんの話から。あんたはんの妹はん……美影さまな。亡くなったで」

水を注す手を止めて、草介は目を上げた。

「いつや」

「去年の夏頃、帝の御代が代わる前にな。葬式やなんや忙しかったさかい、草ちゃんに伝えるのんが遅れてしもた。堪忍」

「ええやあ、べつに……」

草介はどこかぼんやりした声でつぶやき、持て余した風に水滴を指で擦った。

草介に妹がいたことも知らなかったが、死んだ、とは。

いったい何があったのだろうと紅は不安に駆られたが、草介たちのほうは皆了解している顔つきで、仔細を訊くことも語ることもしない。

紅は急に場違いなところに足を踏み入れてしまった気がしてきた。やはり機をみはからっておいとましよう、と胸のうちで決める。草介が話してこなかったことを他人の口から聞くのは気が引ける。

空の重箱をつかんで腰を浮かせていると、「草ちゃん」とつや子が草介の顔をのぞきこむように身を寄せた。

「一度家に帰ったほうがええのんとちゃう。美影さまかて、あんたはんに会いたかろ。時川の家も、先代がお亡くなりになって今は――」

「ほいで、君の用はなんや」

筆に墨をつけ直して、草介は尋ねた。

話を遮られたつや子は、むっとした風に眉間に皺を寄せる。

「弔いひとつする気はあらへんいうことか。あんたはんはほんま、変わらへんなあ。そないにうちら町のもんが厭わしいか」

「死人に会うてどないするんや。美影が僕に会いたい言うたんか」

「……それは。草ちゃんのことは捨てておけとしか」

そら見たことか、と草介は鼻で笑った。それがあまりにもろくでなしらしい表情なので、紅は心配になる。このひとたちはやはりよい訪問客ではないのかもしれない、と思い直した。畳のうえでごろごろしていたろくでなし半歩手前が、本当にただのろくでなしになってしまいそうな気がする。

「それくらいにしとき、つや子」

湯飲みを茶托に戻して、ミクズがいさめた。

「あんたはすぐにムキになるさかい。草ちゃんかてもう子どもではあらへんのや、ほっとき。それより、あんたが今日ここを訪ねた理由のほうを話してやりんさい」

「……はい」

ミクズの声は、ひとふりの刀のように凛とした響きがある。決して強い語気ではないが、自然と従ってしまう、そんな声だ。

息をつき、つや子は上目遣いに草介を見た。

「説明するよりは見てもろうたほうが早いと思います」

紺地に南天が描かれた着物の袖を、つや子の手がまくる。

新雪にも似た女の膚があらわになる。紅はよいが、草介はいちおう独り身の殿方である。いったい何をはじめるのだろうと紅は落ち着かない気分になったが、すぐにつや子の指先から二の腕にかけて浮かび上がる赤い斑点にきづいた。まるでそこだけ朱墨を流し込んだかのように、まがまがしい気を放っている。

「それは？」

「わからへん。半年ほど前からやろか、急にうちの腕に浮かび上がって、それから日に日に広がっとるんよ。神社の神主さんに見せたら、霊障やないかて」

「霊障？」

聞きなれない言葉に、紅は首を傾げる。

「霊やなんかがとり憑いたり、呪詛をかけられたりして起こる『障り』や」

着物を直しつつ、つや子が説明した。

「この痣が浮かび上がって以来、なんやおかしなことばかり周りで起きよる。家の厨が荒らされたり、飼っていた小鳥が嚙み殺されたり……。しまいには隣で暮らしていた叔母さんが殺されてしもた。明け方、近くの林で喉笛を嚙み切られてな。まるで獣に襲われたようやて、見つけた家族が言うとったわ」

「そんな……」

凄惨な光景を想像して、紅は蒼褪める。

「ほんまに獣やあらへんのか。あすこは猪も熊も出るやろ」

おそろしい話を聞かされても、草介は顔色ひとつ変えない。どころか、ミクズのぶんのきなこ餅に勝手に楊枝をさして、取り上げる。

「叔母さんは喉笛を嚙み切られただけで、身体はどこも食われてへん。遺体にも爪痕ひとつ残ってへんかった。きれいに咽喉だけ嚙んで去るなんて、行儀のよい熊もおったもんや」

「山奥の町かて、警察は来たやろ。なんや言ってなかったんか」

「近くに獣らしい足跡はなし、かといって盗まれたもんもなし、怨恨も考えられへん、お手上げやて。ただ、その夜の叔母さんはうちがあげた着物を着とったんよ。あのあたりは夜になると暗いし、うちと間違えられたのかもしれへんて言われた」

「へえ」

つまりつや子の叔母は、暴漢なりあやかしなりにつや子の身代わりとして殺されたのかもしれない。ぞっと悪寒が這い上がり、紅は肩をさすった。

「話はまあわかったわ」

空にした皿に草介は楊枝を転がした。

「ほいで、その痣の原因にも心当たりくらいはあるんやろ」

草介に目を向けられたミクズが「そやなあ」と苦笑する。隣に座るつや子が、なぜか急にばつが悪そうな顔になって俯いた。

「この子の悪癖はあんたはんかて知ってはるやろ。半年前の梅雨の頃やろか。土佐訛りの旅人をうちの家に泊めた。つや子はその男に手ぇ出したんや」

「人聞きの悪いこと言わんといて。お互いええのん思て寝たさけ、ちょっかいかけたわけやない」

つや子は気分を害したようすで頰をふくらませた。

いまひとつ話の流れが見えず、紅は草介に物問いたげな視線を送る。けれど、なぜか目を合わせてくれない。しかたなく顔をのぞきこむようにすると、大きな手で額を押しやられた。

「あっ」

「……なんや」

「つや子さんは恋多き女性なのですね？」

ほとりと手を打つと、「恋なあ」と草介は呆れた顔をした。

「紅さん、ええこと言うなあ。一夜で燃えて、翌朝には散り去る恋や。花火みたいに果敢なくて、粋やろ？」

紅の言い回しが、つや子は気に入ったらしい。ふっくらした唇に指をあて、目を細める。

「そやけど翌朝、その旅の男――仙太郎は褥のうえで泡吹いて死んではった」

腹上死みたいなもんかな、とつや子はくすっと笑った。

「うちもはじめは警察にいろいろ聞かれたんよ。何しろ、部屋にいたのはうちと仙太郎のふたりで、翌朝仙太郎だけが怪死やろ。そやけど、結局なんもわからへんで、仙太郎の急死て結論になった。ただ」

「土佐訛りやて言うたやろ。どうやらあの男、狗神憑きの家の出ぇらしくてな」

つや子の話を引き継いで、ミクズが説明する。

「いぬがみ……」

存在だけなら紅も耳にしたことがある。

狐憑きならぬ狗神憑き。

彼らは狗神を家の守り神として祀っており、特に四国一円に多く存在するという。狗神は家に憑いて、子々孫々に影響を及ぼすため、婚姻を忌避されることが多かった。本当かどうかはわからないが、紅の従姉も狗神憑きを理由に一度、土佐の者との縁談を断っている。

「仙太郎の亡骸を引き取りに来た親族が話しとったん。仙太郎は狗神の祟りに遭って死んだんやて」

「祟り、ですか」

「ほいで、たまさか近くにおったうちも巻き添えを喰らったらしい。一夜で燃えて翌朝には醒めるはずの恋やったのになあ、大火傷や」

つや子はほつれ毛の落ちた、なだらかな肩をすくめる。

すぐそばで恋した男が怪死を遂げ、自身も命が危ういかもしれないというのに、つや子がまとう空気は軽やかだ。無理をして気丈にふるまっているという風でもない。たぶんこの女性は、もとからこういう気質なのだろうと紅はおぼろげながら理解した。

――一夜で燃えて、翌朝には醒める恋。

つや子が言うと、妙にしっくりとくる。

「なあ、草ちゃん」

草介の膝に手をのせて、甘えるようにつや子が言った。

「うちを助けてくれへんか。美影さま亡き今、あんたはんほど『あちら』がよう見えて、よう声を聴けるもんは、ほかにおらん」

「遠路はるばるご苦労なこったいな」

草介はつめたく眸を眇めた。

「そやけど、僕を頼ってもそらお門違いいうやつや。憑きもの落としはそれこそ時川の家業やろ。僕やのうて、時川本家を頼り。でないなら、その痣診てくれはる医者を探したらええ」

「あの家の現状をあんたはんは知らへんかもしれんけど」

草介の膝に両手を置いたまま、かまわずつや子は続ける。

「憑きもの落としを始めた都幾さまが鬼籍に入って三年。美影さまも死んだ。今の時川本家を継いだのは、齢三つの幼子や。成人した時川の人間は、今やあんたはんをおいてほかにおらん。うちを助けてくれへんの？」

濃い睫毛にふちどられたつや子の目は、もの欲しげに濡れている。

それに一瞥をやり、草介はわずらわしげに火鉢のあたりに目をそらした。

ああ、きっとつや子さんを誤解させるようなすげないことを言ってしまう、と紅は予感する。そうではないのだ。草介は見えるだけで、聞こえるだけで、彼らを祓うすべを持たない。ひとでなしだから、ひとにつめたいから、助けないわけではない。けれど、多くのひとはそうは思わない。

「そのへんでやめとき、つや子」

やきもきする紅に代わって、ミクズがやんわり制した。

「困らせて堪忍え。あんたはんなら、ことの元凶が見えるかもて思うとったんやけど――」

「見えへん」

つや子の腕を一瞥もせず、きっぱりと草介は言った。

「わかるな、ミクズ。見えへん」

ミクズと草介のあいだに透明な糸にも似た見え得ぬ駆け引きがあった。

ほうか、とうなずき、ミクズが引き下がる。どこかさみしげな、なんともいえない表情だった。

「ほいなら、しゃあないなあ。草ちゃんにも見えへんて、けったいな祟りやわ」

「そやけど、おばあさん。うち、どないしたらええのん？」

「ほかの拝み屋をあたるか、このままうちの故郷にでも詣でるか、まあ考えましょ」

草介を訪ねてここまで来たというのに、ミクズの引き際は潔かった。

つや子はまだ不服そうに唇を尖らせていたが、ミクズの言は覆せないとわかっているらしい。ええけど、と不承不承顎を引いた。

「ほいで、あんたら、今日はどこに泊まる気ぃや」

尋ねた草介に、ミクズとつや子はそろって口を閉ざす。

「ええやあ、それが持ってきた路銀がいよいよ尽きてしもうて……」

「草ちゃんの家に転がりこもう思てたのに、こない狭いと思わへんかったんよ」

絵皿や紙束で足の踏み場もない部屋を見渡し、つや子が呻く。もともと大人ひとりがごろ寝できる程度の広さしかない九尺二間の部屋は、片付けたとしても、女ふたりを泊めるには手狭だ。

それなら、とはじめて力になれそうなことを思いつき、紅は目を輝かせた。

「うちにいらっしゃるのはどうです？　ちょうど住み込みの徒弟が正月の里帰りをしていて、部屋がふたつみっつ空いておりますし、おふたりとも長旅でお疲れでしょう？」

「ええんですか！」

ぱっと笑顔になったつや子に対し、草介は思いきり顔をしかめた。

「君はまた、余計なことを……」

「なんです、その言い草は」

紅とて、あまり差し出がましい口を挟むのもどうかと思い、これまではなりゆきを見守っていたのである。つや子のほうへそれとなく目を向けた草介は「こっち、おいない」と紅を長屋の外へと連れ出した。

「なんですか。いくらあなたとて、この長屋に女人おふたりを泊めようなんて思っていないでしょう？　しかもミクズさんはかなりのご高齢ですし」

長屋の格子に背を預けた草介を見上げて、紅は言い募る。

「君は呆れるほどひとがよいな」

どこか突き放すような声で、草介がつぶやいた。

紅にだってわかる。今のは断じて褒めていない。

「いけませんか？」

「つや子のあの話を聞いて、よく家に招く気になるな思うただけや」

草介が言いたいことを察して、ああ、と紅はうなずく。

仙太郎が怪死したあと、周囲で怪事が起こるようになったとつや子は言っていた。小鳥が嚙み殺されるだけでなく、しまいには隣家の叔母までが殺されたと。

「でも、『見えへん』かったのでしょう?」

目を見て尋ねると、草介は居心地がわるそうに頰をゆがめた。けれど、ちがう、とは言わない。草介はろくでなしのたぐいだけれども、意味のない嘘はつかない。幼い頃から、この男のそばで育ったのだ。わかりづらいけれど、草介の心根くらいは紅も理解しているつもりである。

「ご安心を。父さまは剪定鋏だけでなく猟銃も扱えますし、なんなら熊だって素手で殴り倒せます。母さまだって、まずは目の前の困っている方の力になりなさいと言うでしょう。むしろ、困っているおふたりを寒空の下に放り出すほうが、父も母もかなしみます」

「……そやな。君ら家族は、身元の知れん男をずっと長屋に置いてはるお人よしやもんなあ」

紅は外套をつけたままだったが、草介は紬に半纏を引っ掛けただけで出てきたので、寒そうにかじかんだ手を擦っている。今日は朝からことさらに冷え、薄氷が重なったような色の空からひらりと雪片が剝がれ落ちた。これ以上外にいると、風邪をひいてしまいそうだ。

戻りましょうか、と紅がきびすを返そうとすると、外套の後ろ衿を草介がおもむろに引っ張った。

「つや子とミクズは離れに置いてやり。ただし母屋に上げたらあかん。それと」

懐を探って、草介は小さな御守りを取り出した。朱色の布を縫い合わせて作った年季の入ったものだ。布自体も色褪せていて、もとの柄はかすれて見えなくなっている。

紅にそれを押しつけると、「貸したるわ」と草介が言う。

「このお汁粉色のコートの裏にでも縫いつけとき」

「お汁粉色って……」

仮にも絵師であるはずなのに、草介の表現力の乏しさときたら、ため息をつきたくなる。

手の中の御守りに目を落とし、紅は腰高障子に手をかける草介の背を見上げた。前に、草介と御守りの話をしたことがある。確か雪子を探してたどりついた神田のミルクホールで、草介が遭ったという神隠しについて尋ねたときだ。

もしかしてこの御守りは、神隠しに遭ったときの幼い草介の首にかかっていたものではないだろうか。思い至って口をひらきかけた紅は、半開きの腰高障子からじっとこちらを見つめるつや子にきづき、瞬きをした。

つや子の目にはなぜか、烈しい敵意が浮かんでいた。

なぜだろう。つや子の気分を害するようなことが今あっただろうか。

戸惑って目を伏せてから次に顔を上げたとき、つや子はもうこちらを見てはおらず、部屋に戻った草介に軽口を叩いていた。

「気のせいかしら……」

首を振って、紅も長屋の敷居をまたぐ。

「紅さん、ほんにおおきに。うちの恩人やわ」

火鉢でぬくまった部屋に入ると、つや子が子猫のようにすり寄ってきた。とたんに澄んだ草の香(か)がふわりと鼻先をかすめる。香袋に用いる薫(かお)りとはちがうから、何かの薬草のにおいだろうか。

機嫌よく笑うつや子には、先ほど紅が感じた敵意のかけらもない。やはり見間違いだったのだろうと思い直し、「わたしにできることをさせていただいただけです」と紅は微笑み返した。

「横濱って洋菓子のお店がぎょーさんあるって聞いたで」

「それはもう、大通りにたくさん並んでいますよ。シュークリームにビスケット、バターケーキ」

「どないな味がするん？」

気を引かれたようすで尋ねてくるつや子の背で、ミクズが草介から何かを受け取っているのが見えた。女の人差し指ほどの長さの二本の竹筒は、先端に銀の鈴が結んである。手にした竹筒をすばやく帯元にしまうと、「つや子」とミクズが声をかけた。

「ほな、暗くならへんうちに行こか。紅さん、ほんにお世話になります」

「お気になさらないでください。横濱には西洋医学に通じたお医者さまも多くいらっしゃいますし、つや子さんの腕を治す方法も見つかるかもしれません」

「西洋医学、なあ」

いまひとつ信じていない顔つきをして、つや子が首をひねる。

増えたとはいえ、西洋の医術を修めた医師の数はまだ少なく、問答無用で身体を切り開かれると、眉唾ものの流言を信じている者も多い。「腕は信頼できますよ」と安心させるように言うと、ふうん、とつや子はやはり気のない返事をした。

女たちが長屋から出ていくと、やれやれといった風に草介が昼寝用の括り枕を引き寄せる。余った餅を重箱に入れて棚にしまいつつ、紅は横になった草介にそっと目を向けた。

つや子の腕の痣や狗神が絡んだ陰惨な話題になんとなく押しやられてしまったが、ミクズは最初に美影という名の草介の妹が死んだと言っていた。病気か事故か、仔細は語られなかったが、若いみそらでの死だ。草介は今、何を考えているのだろう。

「草介さんも、一緒にお夕飯を食べますか？」

ひとりにしておきたくない気がして誘ってみたが、「寒いしええわあ」といつもどおりのつれない言葉が返ってきた。枕に頭をのせてごろ寝をする草介から目を離し、紅は人知れず嘆息する。

縁もゆかりもない土地で十年以上生きてきた草介にとって、故郷や肉親とは、紅が想像するものとは異なる薄っぺらな存在なのだろうか。亡くしても、そうか、と流せるほどの。

そういえば、草介が何かに執着するすがたを紅は見たことがない。

長い時間を過ごしてきたはずなのに、草介というのはやっぱり紅には推し量れない空白を抱いた男なのだと、こういうときにあらためて思い知らされる。

二

睦月(むつき)の風はきんと凍(い)てつくようだが、運んでくる花の香りのせいか、空気そのものが微(かす)かに華やいで感じられる。紅(べに)が外套(がいとう)を羽織って外に出ると、門のそばに立つ老齢の椿(つばき)が、ひとえの花をぽつんと咲かせていた。

庭師の父は、外見こそ熊のような大男だが、見た目からは想像がつかない優美な庭をつくる。手毬に似た花が愛らしい蠟梅、赤い実をつけた万両、足元で爽やかな芳香を放つ芹。茶木家の庭は四季を通してにぎやかだ。

「お出かけですか、お嬢さま」

庭の掃除をしていた見習いの少年、冬彦が箒を手に、紅に声をかける。正月らしい水仙花紋の小袖を着た紅は、小豆色の吾妻コートをそのうえに重ねていた。足首まで覆い隠す羅紗の外套はあたたかくて、この時季には重宝する。

「ええ、草介さんと弁天さまにお参りに。つや子さんとミクズさんは？」

朝から母について親類縁者に挨拶まわりを済ませたあと、離れに向かうと、ふたりはすでに屋敷を出たあとだった。旅用の行李や着替えは残されていたので、遠出をしたわけではなさそうだが、今日は皆で横濱弁天にお参りをしてから、つや子を連れて診療所に行こうと思っていたので探していた。

「初さんが連れていかれましたよ。昨晩あのひと、伊勢佐木のおにぎわいをおふたりに話してらしたでしょう。お医者さまに行く前に、つや子さんに横濱観光をさせてあげようって」

「初兄さまはきれいなご婦人に弱いから」

「昼前には診療所に送り届けると言っていました」

「もう勝手なんだから」

紅だって今日はつや子が興味を持っていた西洋菓子のお店に案内するつもりだったのに。

とはいえ、突然の来客にも父母や兄たちが快く離れを使わせてくれたのはよかった。

紅を含めて、茶木の家の者は万事おおらかなので、家にひとりやふたり客が増えても、さして気にしない。もとより、父の徒弟を何人も住み込みで置いている家である。

「今日は髪を編みこんでいるんですね」

紅の髪型に目を留めて、冬彦が言った。

いつもはふたつに分けて三つ編みにしている髪は、今日は外巻きにして赤い椿の羽二重を飾っていた。「どうでしょう？」とくるりと回ってみせた紅に、「お可愛らしいです」と無邪気な賛辞を贈って、冬彦が微笑む。

「気をつけていってらっしゃいませ。絵師どのにもよろしくお伝えください」

三が日を過ぎたが、横濱弁天は参拝客でごった返していた。

晴れ着の老若男女が行き交うなか、白い息を吐きながら鳥居のそばに腰掛ける羽織姿の男を見つけ、「草介さん」と紅は手を振る。

「お待たせしました」

紅を見上げた草介はいぶかしげに眉をひそめた。

「つや子とミクズは？」

「それが、兄さまが無理やり横濱観光に連れ出してしまったそうで……。診療所の前で落ち合うことになりました。せっかくですし、ふたりだけでもお参りしていきませんか」

「ひとごみは苦手やさかい、僕はええわあ」

「年に一度くらいは、お世話になっている弁天さまにご挨拶をしておきましょうよ」

草介の羽織の裾を引っ張って、紅は参道の入り口にある鳥居をくぐる。草介は嫌そうだったが、すこし歩くとあきらめたようすで抵抗をやめた。引き返すより、紅に抗うことが面倒になったのだろう。

「昨晩はどやった？」

参拝客の列に並びながら草介が訊いた。

「とくに変わりはないですよ。兄さまがさっそくつや子さんにのぼせて、うちでいちばんよいお酒をあけたくらい」

「初はひとを見る目はあるのに、女を見る目は曇っとるからなあ」

「つや子さんには何も憑いていなかったんですよね？」

尋ねた紅に、「そやな」と草介が上の空で返事をする。こういう返事をするときの草介は、それ以上追及しても無駄だ。

「なら、つや子さんが仰っていたことは、ただの不幸な偶然なのでしょうか。腕に生じた痣も、家の小鳥が嚙み殺されたのも、叔母さまが亡くなったのも……」

「ひとは出来事のあいだに因果をつけたがるさかい」

誠一郎が失踪したときのことを紅は思い出す。

紅は最初、船堂男爵家の化け椿のせいで、誠一郎が神隠しに遭ったのだと思っていた。女学校に亡霊の噂が流れたときもそうだ。不可解な出来事に遭遇したとき、ひとはそこに理屈をつけたがる。けれど実際は、誠一郎は船堂男爵のご令嬢と駆け落ちをしたのだし、亡霊の正体は寄宿舎に住む薫子だった。存在しないあやかしや亡霊を紅が勝手につくりだしていただけで。

つや子も同じなのだろうか。

仙太郎は不幸な突然死を遂げただけで、ちょうど同じ時期に偶然腕に浮かんだ痣を祟りと思い込んでしまったのでは。そう考えれば、野良猫が家の小鳥を襲うことはままあるし、叔母は不運にも暴漢に殺されたとするほうが自然だ。

「まあほんまにつや子の心が作り出しただけのあやかしなら、初にあちこち連れ回されているうちに、気が晴れて消えるんちゃう」

なるほど、と紅はうなずく。それは至極健全な解決法に思えた。

「すこしでもつや子さんのお心が晴れるとよいですね」

初の惚れっぽさもたまには役に立つものだと微笑ましく思っていると、「そやな」と草介は襟巻に顎をうずめてつぶやいた。自分から言いだしたくせに、どうしてか薄暗い、複雑そうな表情だった。

参拝の列が進み、社の前にたどりついたので、紅は信玄袋からがま口財布を取り出した。草介が銭無しなのははなからわかっているので、取り出した硬貨のうちの一枚を渡す。

「鈴はわたしが鳴らしてよいですか？」

「おおきに。南無南無」

「南無南無じゃないでしょう、弁天さまにはたかれますよ」

草介をひと睨みすると、紅は鈴を鳴らしてきっちり二礼二拍手をした。柏手を響かせる紅の横で、草介も申し訳程度にぺちぺちと手を叩く。

家族や徒弟たちのこと、つや子たちのこと、それから草介のことを弁天さまにお願いしておく。――このひとは無作法なろくでなし半歩手前ですけれど、心根はやさしいひとなので、どうか天罰は与えないでください。お願いします。

「えろう真剣に祈ってはったな」

「あなたのせいですよ」

顔をしかめて、紅は合わせていた手を下ろす。

境内には年明けの市が出ていた。

寒そうに背を丸めている草介にきづいて、熱い甘酒をふたつ買う。麴のふくよかな香りに頰を緩めつつ、絵馬掛のそばに並んでちびちびと味わった。そこかしこに同じような参拝客がいて、新年の挨拶を交わしている。それでふいに思い至り、紅は目を伏せた。

「喪中の参拝はよくなかったかしら……」

「喪中？」

草介は意味をはかりかねる顔をした。

美影のことを言ったのだが、当人にそういう顔をされると説明しづらい。「なんでもないです」と結局紅は首を振った。まぎらわせるように甘酒を啜ると、下のほうに沈殿していた米麴がざらっと舌のうえに溶ける。

「別にええんちゃう」

遅れて意図を察したようすで、草介が言った。

「いつも世話になっとる弁天さまやさかい、大目に見てくれはるて」

「あなたは甘酒が飲みたかっただけでしょう」

猫舌の草介は、まだ椀に息を吹きかけている。

先に空にしたお椀を手で包み直し、紅はそっと草介を見上げた。

「美影さんってどんな方だったのですか？」

「え？　あぁ」

草介は考え込むように視線を上げた。

「話したくないならよいのですが」

「ちゅうか、あまり覚えてへんのや。昔のことやさかい」

いつものおざなりな言い方ではなく、本当に途方に暮れた声音だった。見えないと思っていた男の心中が急に立ち現れた気がして、紅はすこし驚いた。

「昔と言ったってたかだか十年前じゃないですか」

「そやな。……老けたやろなあ、あいつ。死に顔はちと拝(おが)んでやりたかったな」

「草葉の陰からはたかれますよ」

呆(あき)れた風に紅が言うと、草介はふっと咽喉(のど)を鳴らした。

冷ました甘酒を啜る男の横顔を眺めつつ、よかった、と紅は人知れず安堵(あんど)する。つや子が美影の話をしたときの草介が、あまりにもろくでなしの顔をしていたから心配になったのだが、いまは陽の下でふつうの兄の顔を見せている。それは紅が幼い頃出会ったのと地続きの草介だ。

「いつかわたしにも会わせてくださいね。何しろ、あなたの生活を預かっている大家の娘ですもの、挨拶をしないと」

大江山のふもとのどこかにあるのだろう墓所を思いながら口にすると、「君は口やかましそうやし、いやや」と草介は肩をすくめた。

「ただのかぶれですね」

つや子の腕を触診したスミス医師はずり落ちた金縁眼鏡を押し上げながら、そう言った。

拍子抜けした気分になり、「もう一度見てくださいませんか」と紅は英語で訴える。米国の宣教師が女性教育の推進のために建てたという経緯もあり、花苑女学校では英語教育の時間がある。紅もひととおりの読み書きと簡単な会話ならできた。

「半年ほど赤い斑点が消えないそうなのです。何かのご病気だとか……」

祟りによるものというつや子の言い分はともかく、「ただのかぶれ」という見立てもだいぶいい加減である。

「そうは言ってもねえ……」と英国人のわりに低い鼻にのった眼鏡を押し上げつつ、スミス医師はつや子の指先から腕に広がった痣に触れる。少し痛んだようすでつや子が顔をしかめた。ちなみに今この場にいるミクズ、つや子、紅のうちで英語が聞き取れるのは紅だけだ。初はスミス医院につや子たちを送り届けるや枳殻社（からたちしゃ）に向かってしまったし、草介は診療所の外で待たせてある。

「見てごらん。指先がいちばんひどい」

スミス医師に示され、紅はあらためてつや子の指先を見つめる。

右の人差し指と親指が赤黒く変色していた。

「毒虫だとか、毒草に素手で触れたことは？」

スミス医師の言葉をつや子に伝えると、大きな目をぱちくりとさせて首を振った。心当たりはないらしい。

「かぶれによく効く軟膏（なんこう）を出しておきますよ」

つや子の袖をもとに戻しつつ、スミス医師がそっけなく言った。

「なんやあの医者、藪（やぶ）やないの。うちの腕にやたらと触るんよ」

つや子は唇を尖（とが）らせて、袖のうえから腕を撫（な）ぜる。

海に面した海岸通りに吹きつける潮風が今日は荒い。異国の船影が並ぶ沖合で、白いかもめがぷかぷかと波に揺られて漂っている。

「スミス先生は、つや子さんの腕の痣の原因を探っていただけですよ」

「紅さんもあのひとも、ようわからへん言葉で喋ってはるし」

「あれがスミス先生のお国の言葉なのです」

「うちがわからへんからって、てきとーなこと言ったんちゃう」

「――つや子」

　ぴしゃりとミクズがたしなめると、つや子はあからさまに機嫌を悪くして、先に歩いていってしまった。歳は二十三と聞いたが、ころころと気分のままに変わる表情や、あけっぴろげな言動のせいで、紅とそう年の変わらない少女のようにも見える。ついでに言うと、紅のことがあまり好きではなさそうだ。まだ出会って一日しか経っておらず、ろくに言葉も交わしていないというのに、なぜだろう。

「紅さん、すいまへんね」

「いえ、お医者さまを紹介すると言ったのはわたしですし」

「草ちゃんも」

「僕はもう帰りたい」

　昼前からお参りだなんだと連れ回され、挙句、診療所で長く待たされた草介はすっかりくたびれた顔をしている。むしろ、よく途中で投げ出して帰らなかったものだ。ミクズとつや子が頼ってきたのは草介なので、いちおう気をつかったのだろうか。

「ただのかぶれやて、お医者さんも言うとったんやろ。あきらめて、さっさと大江山に帰り」

「そやけど、ちと今は日のめぐりが悪くてねえ……」

「このお人よし一家に迷惑かけるのはやめ」

ぴしゃりと言った草介に、おお、と紅は目をひらく。

あの草介がめずらしくまともそうなことを言っている。

「よそもんにかまけすぎて、貧乏になったらどないするんや。僕も一緒に家無しや」

「あなたとちがってうちは皆勤勉で、それなりに蓄えもありますから」

まっとうなことを言ってくれる草介であるはずがなかった。

嘆息し、紅はミクズに向けて「ご心配なく」と微笑んだ。

「長旅でミクズさんもつや子さんもお疲れでしょう。うちはまだ部屋が余ってますし、いくらでもゆっくりしていってください。横濱には目新しいものやおいしいものがたくさんあります。あちこち出歩いているうちに、つや子さんのご不調も治るかもしれません」

「おおきに、紅さん」

ミクズは白い眉をふわりと下げた。

「草ちゃんはええひとに出会わはったなあ」

「本当に、草介さんはもっとわたしたちに感謝したほうがいいと思うのです」

したり顔で紅がうなずいていると、「草ちゃん！」とすこし離れた場所からつや子が草介を呼んだ。紅よりもさらに小柄なつや子は、栗色の癖っ毛を揺らして草介の腕を取る。

「なあ、おもろいもん見つけた。オサキギツネやて」

つや子が示した先には、「うらない」と看板が出された掘っ立て小屋がある。辻占のたぐいだろうか。薄い壁に筵をかけただけの仮小屋だが、大小ののぼりが何本も立っているため、遠くからでも目を惹く。

「えらい大勢ひとがおるねえ」

手で庇をつくって、おっとりとミクズが言った。

「草介さん、オサキギツネってなんですか？」

「狐憑きの一種や。狐を使うて、予言や占いをする」

「こっちではオサキギツネ言うんやね」

ミクズが興味深げに相槌を打った。

「オサキが盛んなのは秩父のほうやった気ぃするけど。東北ならイズナ、遠州ならオトラ、信州はクダ。その土地で呼び方や性質が少しずつちゃう」

さすがあやかしばかり描いているだけあって、草介はこの手のことに詳しい。色とりどりののぼりに目を向け、「まあ、『本物』はほとんど見かけへんけど」と草介はつぶやいた。

「草ちゃん。うちも辻占やりたい」

「はあ?」

つや子に腕を引かれた草介は、あからさまに顔をしかめる。

「だって、草ちゃんもお医者さまも頼りにならへんもん。うちの腕が治るか聞こ? 祟りのこともわかるかもしれへんし」

「何もこないなところに寄らへんでも、もちっとマシな占い屋がおるやろ」

「うちはここがええんよ。ほら、ちょうどひとがはけてきた」

行列だと思っていたひとの大半は冷やかしだったらしい。

つや子はぱっと目を輝かせると、「ほら、紅さん」と草介から紅に乗り換えて、甘えるように腕を絡(から)ませた。見たところ、暴利を貪(むさぼ)っているわけでもないようだし、掘っ立て小屋から出てくるひとびとにも変わったようすはない。ただの辻占ならよいか、と思い、

「それなら一度だけ」と紅はうなずいた。

掘っ立て小屋の前では、狐面をつけた少年が首から箱を下げて辻占煎餅(せんべい)を売っていた。甘い味噌煎餅に御籤(みくじ)を入れたお菓子だ。そういえば、横濱弁天で御籤を引くのを忘れてい

ひらく。

た。もの欲しげに煎餅を見ているつや子に微笑み、「四つください」と紅はがま口財布を

「これどうやって食べるん？」

「割ると、中からお御籤が出てくるんですよ」

「ふうん？　あっ、凶やて。紅さん換えて」

つや子は割った煎餅から出てきた御籤を見るなり、紅のものと取り換えてしまった。はて御籤の交換などしてよいのだろうかとも思ったが、細かいことはあまり気にしない紅なので、凶御籤のほうをもらっておく。

「草介さんはなんでしたか？」

「大凶」

「……換えてさしあげましょうか？」

憐れに思って申し出ると、「凶と大凶を交換してもな」と草介は煎餅をかじった。御籤の内容より煎餅のほうが大事らしい。

話しているうちに、つや子の番が回ってきた。

筵をめくって、つや子と紅、それから草介、ミクズと続く。中に足を踏み入れたとたん、数種の香を焚きしめた独特の薫りが強くなった。小屋の中は薄暗く、左右に二本の蠟燭と

香炉が置いてある。中央に白小袖に緋袴の巫女装束をつけた小柄な影が座しているのが見えて、紅は目を眇めた。一瞬老婆かと思ったが、蠟燭に照らされた髪は艶やかな黒色をしている。

「今日はどうされましたか」

つや子に向けて、相手が訊いた。

思ったよりもずっと幼い声だ。薄闇のせいで顔の造作まではわからないが、まだ十二、三の少女ではないだろうか。

「半年ほど前から腕に奇妙な痣が浮かびまして――」

袖をまくったつや子が、草介にしたのと同じ説明をする。突然死した仙太郎や殺された叔母のくだりにも、少女はおびえる風もなく淡々と聞き入っている。つや子の話が終わると、袖をすいと持ち上げ、木製の箱から白い石のようなものを取り出した。

少女の手におさまるほどの大きさの頭蓋骨である。ぎょっと紅は目を瞠らせたが、よく見ると、人骨ではなく獣の頭部のようだ。大きさやかたちから察するに、狐だろうか。

ものものしい所作で布のうえに置いた頭蓋骨に、少女はひそひそと何かを囁きはじめる。

「本物」は少ないと草介は言っていたから似非（えせ）かもしれないが、それにしては真に迫っている。

「その痣、もしや『狗（いぬ）』ではありませんか」

頭蓋骨をひと撫ぜすると、少女がそよ風のような声で言った。

狗。つや子が語った、仙太郎の出身がまさしく狗神憑きの家だった。

「お身内に『狗』にまつわる家の方はいらっしゃいませんか。あるいは、最近飼い犬が惨殺された、驚くほど長生きの犬を飼っていた、などは」

「身内とはちがいますけれど、その……」

仙太郎の家のことをつや子が話すと、「なるほど」と少女がうなずいた。

「あなたは、狗神を使った呪詛（じゅそ）を受けています。あなたの周囲で起こる怪事はそのしるし。心当たりは？」

「……すこし」

つや子が落ち着かなげに腕を引き寄せる。

まさか恐れていたことをここまで的確に言い当てられるとは思わなかった。黙り込んでしまったつや子の肩に手を添えて、「あの」と紅は口をひらいた。

「狗神の祟りではなく、狗神を使った呪詛なのですか？」

「ええ」

「つまり、呪詛をかけたひとが別にいると……」

「おそらくは」

身体の疾患でも、つや子の思い込みでもないのなら、話はだいぶちがってくる。だが、呪詛をかけた人間が別にいるとはどういうことだろう。目を伏せ、紅はひとまず思いついたことを尋ねてみる。

「その呪詛とやらを跳ね返す方法はないのですか。呪いをかけられたのなら、解く方法だってふつうはあるものでしょう？」

「ごもっとも」

見た目の歳にそぐわない落ち着いた口調で顎を引き、少女は頭蓋骨を木箱にしまった。小袖からのぞいた指先が、白木の蓋をさらりと撫ぜる。

「呪詛返しと呼ばれる呪法はあります。――が、わたくしは請け負っておりません」

「なぜです？」

「『返りの風に吹かれる』ので」

聞きなれない言葉を少女は口にした。

「かやりの風？」

「呪詛を返せば、その呪詛は呪った側を襲います。これを防ぐため、優れた呪術師ならば、呪詛返しにさらに呪詛を返す。このことを返りの風と呼ぶのです。わたくし自身は身を守る術を心得ておりますが、返りの風は呪詛を受けた者だけでなく、その周囲にも害を及ぼす。きりがないのです。ゆえに、わたくしどもは、決して呪詛には関わらない」

「そんな」

それならどうせよと言うのだろう。呪詛をかけられた人間は、ただ災厄が襲ってくるのをおびえながら待つだけだというのか。

唇を噛んだ紅を見て、少女はわずかに腰を浮かせた。香炉のそばに置いていた硯から筆を取り、ひとがたをした紙の形代に何かをさらさらと書きつける。

「お持ちください。一度なら、この形代が災厄の身代わりとなってくれます」

つや子に形代を渡すと、少女は筆を硯に置いた。

「そのあいだに己の身の処し方を考えるがよろしいかと。――もっとも、同業者がいるようですから、わたくしがあらためて口出しをすることでもないように思いますが」

意味深な少女の口ぶりに、紅はつい草介のほうを振り返る。

腕を組んだ草介はあらぬ方角をじっと見つめていたが、紅とつや子の視線にきづくと、わずらわしげに息をついた。

辻占の小屋を出る頃には、風は夕どきの冷たさをまとい始めていた。

松が植えられた海岸通りの遊歩道を、斜陽が赤銅色に染めている。客をのせた帰りだろうか、空の人力車を曳いた車夫が、ホテルが並んだ向かいの通りを走り去っていった。

「やっぱり狗って言うとった」

つや子は露骨に機嫌を損ねていた。辻占の少女の言葉が尾を引いているのはまちがいない。

「草ちゃんの嘘つき。見えていたくせに、見えへんって言うたん？」

──見えへん。

あのとき、つや子の右腕を一瞥もせず、草介はきっぱり一言、そう言った。

──わかるな、ミクズ。見えへん。

しかし、辻占の少女は「狗」を使った呪詛だと断言し、その場にいた草介を暗に非難した。わかっているはずなのに、なぜ自分を頼ったのかと。

振り返ったつや子は、眦を赤く染めて震えていた。

「草ちゃんは見えるひとやもん、うちに狗の呪詛がかけられているってわかってたんや。そやけど、返りの風がおそろしいさかい、見えへんって嘘言うて追い返そうとした。ほんま、ひとでなしや。うちみたいな女、死んでもええって思っとったん⁉」

　今にもつかみかかりそうな勢いのつや子に、草介はただ一瞥を向ける。薄氷にも似た、ひややかな眼差(まなざ)しであった。わずかにひるんだようすで、「なんとか言い！」とつや子は声を荒らげる。

「君にそう見えるなら、そうなんちゃうか」

「なんやて？」

「ひとは自分が見たいもんを見るさかい」

　突き放した草介の物言いに、つや子は捨て猫のような目をする。

　すこしは言い返せばよいのに、草介ははなからひとに理解されるのをあきらめている節がある。それで余計に傷つく人間がいるということがわからないのだろうか。

「ちがいますよ」

　歯がゆさから、紅はつい口出ししてしまった。

「草介さんは善人ではありませんけど、そういうたちの悪い嘘はつきません。まして死んでもよいなんて。あの辻占の方がどういうつもりであぁ言ったのかはわかりませんが、草介さんが見えないと言うなら、見えなかったのだとわたしは思います」

「ふうん」

つや子の誤解を解けたら、と思って口にした言葉だったが、相手の反応はそっけなかった。何かをまちがえたらしいと紅はきづいた。こちらを見つめるつや子の目に、辻占の小屋にいるあいだは薄れていた敵意がはっきりと滲んだからだ。

「紅さんは草ちゃんのことよう知ってはるんやなあ」

「……いけませんか」

「このひとがどない法螺吹いて、故郷を出なあかんかったかも知らへんくせに」

言葉にまぶされた毒を感じ取って、紅は眉をひそめた。

「家は絵の修業のために出たのでは」

「十年も帰らへんのは修業ちゃうわ」

一笑に付して、つや子は潮風にかき乱される髪を手で押さえる。

「草ちゃんはな、自分が吹いた法螺のせいで、故郷にいられへんようになって家出たの」

つや子の身のうちから急に黒々としたものがあふれだしたように紅には見えた。なだれを打って噴き出したそれらは、襲う先を探して渦を巻く。

「面倒になったら、またふらりと消えるで、その男。そないひとでなしやさかい、紅さんもそのうち痛い目みるかも。気ぃつけな」

親切心からの忠告ではない。お人よしと言われる紅にだってわかる。

これは呪詛だ。妖術など使わずとも誰にでもたやすくできる、悪口(あっこう)のかたちをとった呪いだ。どうしてこんな言い方をするのだろうと悔しくなり、紅はこぶしを握りしめた。

「かまいませんよ」

腹の底からせりあがってきた塊(かたまり)を息と一緒に大きく吐き出す。

返(かや)りの風とは言い得て妙だと思った。確かに呪詛に呪詛を返しても、お互いがぼろぼろに傷つき果てるだけで、よいことなどひとつもない。

「嘘をつかれたら、わたしは怒ります。理由を聞いて納得がいかなかったら、もっと怒るかもしれない。でも、それでしまいです。追い出したいとは思わない」

それだけははっきり言って、紅は口元にそっと笑みを湛(たた)えた。

「さあ帰りましょう、皆さん。今日のお夕飯は、カツレツだったはずです。母の自信作ですよ」

そうして歩きだした紅の背を、つや子は感情を消した目でじっと見つめていた。

その夜は、水気を含んだぼた雪が降った。

陶製の湯たんぽを腕に抱いて、紅は離れと母屋をつなぐ渡り廊から雪吊りをした庭の木々を見上げる。針葉樹の尖った頂に薄く雪がのっている。氷のように冷たくなった板敷きを足早に歩き、紅はあかりがうっすら漏れる障子戸の前に立つ。

「つや子さん、ミクズさん、もうお休みですか？」

障子戸越しに返事があり、半纏をかけたミクズが顔を出す。

「紅さん。こない夜更けにどないしたん？」

「湯たんぽを作ったので。離れは冷えるでしょう」

「そないお気遣いしてもろうて。つや子はもう寝てしまったんやけど、うちは書きものをしていたさかい。ありがたくいただきます」

ミクズのいる部屋と寝室のあいだは襖で仕切られており、文机のそばでは、籐編みの籠火鉢の炭が燃えている。布を巻いた湯たんぽを渡すと、「先ほどはつや子がすいまへんでした」とミクズが声をひそめて謝った。辻占の帰りのときのことを言われたのだと察して、

「いいえ」と紅は首を振る。

「わたしこそ差し出がましいことを言いました。ただ、あのひとが何も言い返さないから

……」

つい愚痴りそうになってしまい、口をつぐむ。

ミクズはやさしく澄んだ目をして紅を見つめている。祖母と孫だというが、つや子に対しては時折おそろしげなものを感じるのに、ふしぎとミクズには出会ったときから慕わしさを抱いている。深い森にも似た静かな眼差しがそうさせるのだと紅はきづいた。

「すこしお話ししてもええですか」

腰を浮かせて、ミクズは壁際に積んであった座布団を取る。

もちろんです、と部屋に入り、紅は敷いてもらった座布団のうえに座った。湯冷めしかけていた身体に、火鉢の熱がじんわりしみる。ほう、と息をついて、紅は長襦袢のうえにかけた羽織の衿をかき寄せた。耳下あたりで緩く束ねた髪の房を肩から胸に流す。

文机にのっていた薬箱に何気なく目をやり、「あっ」と紅は口元を綻ばせた。細かい仕切りがついた薬箱には、見覚えのある花や草が煎じられる前の乾燥させた状態でしまってある。

「浜木綿、狐の手袋、それに水仙も。薬草ですね」

「よう知ってはるなあ、紅さん」

驚いた風にミクズは苦笑した。

「いちおう庭師の娘ですので。昔から父についてよく野山を歩きました。触れてはならぬ植物、食べ方に工夫が必要なもの、薬になるもの、みんな父から教わりました」

「紅さんはよいご両親を持ったんやね」

「ミクズさんも薬草にお詳しいのですか？」

「うちは父が薬師やったさかい。事故で死んでしもうたんやけど、小さい頃は紅さんのようにいろいろ教えてもろうた」

「ああ、だから……」

うなずいた紅に、ミクズはふしぎそうに首を傾げる。

「いえ、はじめて会ったとき、つや子さんからも薬草の香りが微かにしたので。はじめは腕の痛み止めに使っていらっしゃるのかと思ったのですが、お薬を扱う家の方だったんですね」

「そやな。これはあの子の薬箱やさかい」

ミクズは薬箱の蓋を閉め、振り分け行李の中にしまった。そういえば、草介がミクズに渡した二本の竹筒はどこにいったのだろう。あれ以来見ていない。つや子はともかく、ミクズはあの竹筒を受け取りに草介のもとにやってきたように見えたのだけども。

考えていると、微かな鈴の音がして、紅の膝元に御守りが落ちた。ミクズの帯元に挿してある印籠からほどけて落ちたらしい。布を縫い合わせて巾着の形にしたもので、結び紐には小さな鈴がついている。

「お手製ですか？」

拾いつつ尋ねると、ミクズは懐かしそうに目を細めた。

「草ちゃんのおかあさんが昔、うちにも作ってくれたんや。悪いもんに引きずられたらあかんて。草ちゃんがこっちに戻ってこられたんは、おかあさんの御守りがあったからやないかて、思うことがある」

――君もこういうものは大事にしとき。

以前、紅があげた御守りを眺めながら、草介が口にしたことがあった。

確か、誠一郎を探して神田のミルクホールを訪ねたときのことだ。窓から射す夏のひかりと、室内の暗さのあわいで、草介はどこか遠い場所を見つめていた。

――引きとめるもんがおらんと、帰り道がわからなくなる。

あれはやはり草介自身の話だったのだろうか。

草介に言われたとおり、借りた御守りは吾妻コートの袖裏に縫いつけておいたのだが、安易に貸してもらってよいものだったのだろうかと、紅はすこし心配になる。

「あの子がお山から戻ってきたときは、ほんに安心した。もう草ちゃんは戻ってきぃひんて、皆あきらめとったさかい」

手の中の御守りに目を落とし、ミクズはかつての記憶をたどるように独語する。

この老婆にとって、幼い草介が神隠しに遭った日のことは、まだ決して遠い過去の出来事ではないのだ。そっとミクズのそばに寄り添い、紅は骨ばった老婆の五指を両手で包む。青白い指先からつめたさと微かな震えが伝わった。

「残された皆さんも、きっと不安だったでしょう」

誠一郎のときのことを思い出しながらつぶやくと、ミクズは俯いた。

「……紅さん。草ちゃんはな、うちのせいで神隠しに遭うてしもうたんよ」

「え?」

瞬きをした紅に、「ばばの昔話につきおうてもろうてもええか」とミクズが尋ねる。ミクズの眼差しの先では、雪あかりを映した障子がぼんやりたたずんでいる。そこに重なるように広がる大江山の白い裾野が紅にも見えた気がした。

「あの子が神隠しに遭うたのは七つの頃。昔からほかの子らとはちがう、ふしぎな子やってん。あの子が雹が降る言うたら、青空から急に氷のつぶてが落ちはじめたり、他の子が失くした下駄をひょいと見つけてきたり……。ああいう子は、大人になる前に神さまがかどわかしてしまうさかい、草ちゃんのおかあさんは注意深くあの子を躾けていはった。そやけど、あの子が七つになった冬の夜――……」

大江山のふもとにある小さな町で熱病が流行ったらしい。行商のひとりが持ち込んだものだったようだ。町のひとたちは次々倒れ、ミクズも高熱を出した。

「そのとき、たまたまうちに遊びに来ていたのがあの子やったの。あの子はうちの手ぇ握って、お医者はんを呼んでくるさかい、待っとってって言うたん。町にいちばん近いお医者はんは、山を挟んだ場所に居を構えてはった。普段はぐるりと山を回って、ひとが均した道を行くんや。そやけど、あの子はたぶんあのとき、気が急いたのか、ひとが踏み入ってはならん道を使った。そして姿を消してしもうたんや。翌朝、あの子が持っていった提灯だけが山の入り口に落ちとった。皆で山狩りしたけど、ついぞあの子は見つからへんかった……」

しゃんと張っていたミクズの背が折れ曲がる。

ミクズの心はもしかしたら、まだ神隠しが起きた夜の中にいるのかもしれない。紅にとっては過去のことでも、ミクズにとっては終わっていない、今に連なる出来事のひとつなのだ。節くれだったミクズの手を両手でさすり、「でも、草介さんは戻ってきたじゃないですか」と紅はつとめて明るい声を出す。

「きっとミクズさんがおっしゃるように、おかあさまの御守りのおかげです。草介さんはちゃんと迷わず帰ってこられたんですよ」

「……そやな」

涙のうっすら滲んだ目元を和らげ、ミクズが微笑む。涙を拭うミクズから一度手を離すと、紅はぬるまってしまった湯たんぽの替えを持ってくると言って立ち上がった。

凍てつくような外気に首をすくめつつ、離れの渡り廊を歩く。

ぼた雪は地面にも薄く積もりはじめていた。白い息を吐きながら、闇夜にゆらゆらと降る雪を眺めていた紅は、渡り廊の真ん中で足を止めた。襦袢のうえからそっと胸に手をあてる。複雑な影のようなものが己の胸のうちに揺らめいていることに紅はきづいた。否、ミクズとつや子が草介を訪ねてきたときから、うすらぼんやり感じてはいたことだ。

草介は大江山のふもとの故郷に一度戻ったほうがよいのではないか。

どんな理由があるにせよ、せめて一度くらいは妹の菩提を弔いに、草介を送り出したほうがよい。よいに決まっている。考えながらも、紅の胸には得も知れぬ不安がふつふつと気泡のように浮かび上がる。

なぜだろう。ただ送り出すだけなのに。

送り出したらもう、草介はここには戻ってこない気がする。

もともと、横濱には縁もゆかりもないひとだ。あのひとはたぶん絵の道具さえあれば、どこでも生きていける根無し草のたぐいで、一所に居ついたこの十年のほうが不自然だったのだと、紅はわかっている。だから、紅の前にふらりと現れたときのように、ふらりと出ていったら、きっとそのまま戻ってこない。

考えていたようで、けれど考えたことがなかった。長屋のあの腰高障子を叩いても、返事がない日が来るかもしれないなんて。

樹々の色を静かに白くかき消していく雪を見続けていると、目が痛くなってきたので、紅は俯いた。

――またふらりと消えるで、その男。

あのときは反感を抱いたつや子の言葉は、確かに紅の予感を言い当ててはいたのである。

三

茶木家の朝は早い。

庭師は早朝から仕事をするのが常なので、まだ暗いうちから起き出して飯を炊き、昼のぶんの弁当までをこしらえておく。炊事は母と紅のほかに、住み込みで働いているサトという老婆が手伝ってくれていた。手分けして、徒弟のぶんも含めた十人分の弁当と朝食をこしらえた頃に、父が起き出してくる。住み込みの徒弟たちは、屋敷の庭の掃除と床拭きを毎日交代で行っていた。

朝食を終えた男たちを送り出したあと、ようやく一息ついて、女たちで朝食をとる。最後にのろのろ起き出してくるのは次兄の初だ。あくびをしながら、正月についた餅の残りをいそべ巻きにしたものを食べる。その横で、紅はほつれた小袖の裾を縫い直していた。

「いたっ」

紅は裁縫が得意ではない。糸でかがるだけの簡単な作業でも、しょっちゅう針で指を突いてしまう。餅を食べながら、行儀悪く新聞をひらいていた初が「大丈夫か」と眉をひそめた。

「さっきから何度やってるんだ。いくらおまえでも不注意がすぎるだろう」

「指先を刺しただけですよ。近頃あまり眠れなくて……」

「なんだって?」

一大事だ、とばかりに初が新聞を下ろしたので、紅はあわてて言い直した。

「それでも夜半過ぎには眠りましたから。わたしにも、いろいろ考えごとをする夜はあるのです」

「ふうん。おまえがねえ」

まるでふだん紅が何も考えていないみたいな言い草だ。

「草介のことか?」とやにわに初が訊いた。好き勝手ふるまっているように見えて、この兄は紅のことになると存外鋭い。

「おまえのことだ、どうせつや子さんたちにほだされて、草介を一度故郷に戻したほうがよいとか考えはじめたんだろう？」

「それは……」

図星をさされて、紅は口ごもった。

針を針山に戻すと、空になった初の湯飲みに茶を注ぎ足して、自分も隣に座り直す。

「だって、美影さん……妹さんが亡くなったのですよ。せめて線香をあげるとか、お弔いくらい」

「へえ、妹が死んだのか、あいつ。確か、おまえと同じ年の離れだと聞いたが」

「それなら、まだ十六ではありませんか。お若いのに」

眉根を寄せた紅に、「うちの紅はよい子だなあ」と初がまた頓珍漢なことを言った。兄の大きな手のひらが、なだめるように紅の頭のうえにのる。

「あいつのことをおまえの物差しではかるのは無駄というものだ」

「わたしの物差し……ですか？」

「あいつにはあいつなりの情の向け方があるし、周りでとやかく言っても聞かんだろう。線香だって、弔う心がなければただの蚊遣りだ。ちがうか？」

初のくせに、今朝は言っていることに一理ある。

それはそうですけど、と紅がつぶやいていると、「初さん」と徒弟の冬彦（ふゆひこ）が襖（ふすま）の外から声をかけた。

「お手紙ですって。さっき配達屋が持ってきました」

「おお、高知（こうち）支社か。早いな」

紅の頭を一度かきまわしてから、初は冬彦が差し出した封書を受け取る。兄あての手紙を盗み見る趣味はないので、初が食べ終えた箱膳（はこぜん）を持って部屋を出ようとすると、「紅」と当の初が呼び止めた。

「つや子さんの許婚（いいなずけ）どののことを知り合いの記者に調べてもらっていたんだ。手紙のやり取りだと遅くなるから、つや子さんの話を聞いた翌日に電話をかけてな。ほら、インチキ占い師が狗神（いぬがみ）とかなんとか言いだしたんだろ？」

「ええと、許婚とは……？」

「許婚を亡くされたのだろう？」

曇りのない目で見つめられ、どうやらそういう風につや子は初に説明したらしいと察する。確かに潔癖（けっぺき）な初のことだ、婚姻前の女性が次々相手を変えて恋をするなど、ふしだらだと憤慨（ふんがい）するに決まっている。

しかし、こうもたやすく露呈する嘘をなぜつや子がつくのかも謎である。紅なら黙っているだろうと踏んでいるのか——いや、あのひとは本当にその一瞬を愉しく生きているだけのひとなのかもしれない。つや子の、危うげなくらいの軽やかさを見ていると、そうも思える。

結局、追及することはやめにして、「めずらしいこともあるものですね」と紅は言った。

「兄さまがそういう不可思議なものに興味を示すなんて」

「狗神の真偽はさておき、あれは一部の地域では、今も実際に行われている風習だ。特に四国一円、九州が根強い。つや子さんの許婚どのは、高知出身のようだな。商いの関係で旅をしていたときに、つや子さんに出会ったんだって？」

兄が差し出した便箋には、つや子の一夜の恋の相手である仙太郎の出自が記されていた。

二十五年前、高知にある山間の村で生まれたという。初の言うとおり、狗神信仰の残る村のようだ。仙太郎の家は、狗神憑きと呼ばれる血筋で、村の拝み屋のような役割を担っていたらしい。

「ただ、拝み屋は仙太郎の父の代で廃業にしている。古式にのっとって、多額の財と時間をかけて狗神とやらを供養したらしいぞ。それだから、最近では祈禱や占いのたぐいもしていなかった——と近所の人間は言っていたそうだ」

「狗神の供養は本当に済んでいたのでしょうか？」

つや子の最初の話では、仙太郎は家で祀っていた狗神に祟られて死んだということだった。ならば、狗神はまだ仙太郎を祟るほどの力を持っていたということになる。ただ、辻占の少女は祟りではなく、狗神を使った呪詛であると言っていて、話は微妙にちがっていた。

「俺はこの手の話は眉唾だと思っているが」

初は封書を畳んで、腕を組んだ。

「仙太郎の家はもともと、呪詛専門の拝み屋だったそうだ。噂が広まり、離れた村からも呪詛を願う者たちが押し寄せたらしい。それで仙太郎の父親が嫌気がさしたというのも、拝み屋を廃業にした一因なんだと。しかし、仙太郎は親に隠れて今も狗神と取引し、金によっては呪詛を引き受けていたという」

「呪詛を……」

「親族が祟りと言ったのは、狗神の、というよりは呪詛返しのことを指していたようだ」

つまりつや子を苦しめているのは、仙太郎が受けた呪詛返しということになる。真偽のほどは定かではないが、少なくとも仙太郎の親族はそのように考え、畏れていたようだ。

「そもそも、俺は呪詛するほうも、してくれと願うほうも、はなはだ理解できんがな」

不愉快そうに初は吐き捨てた。

「呪ってどうする。余計におのれの首がしまるだけさ。それに俺は、呪い人形に釘を刺されたってなんともならない自信があるぞ。なぜなら、紅。あれはただの藁と釘に過ぎないし、俺は結構しぶといからだ」

「結構ではなく、だいぶしぶといと思いますよ」

「そうかそうか」

嫌味を言ったつもりなのに、初は目尻を下げてうれしそうにしている。確かにこの兄ならば、呪詛を喰らってもけろりとしていそうではある。

「兄さまは今日もお仕事ですか？」

「あぁ。おまえも出かけるのか」

「ええ、すこし」

行先をなんとなくぼかしてうなずくと、「そうか」と初はまた新聞をひらき直した。

「波止場のボートハウスでおとつい物盗りがあったらしいから、暗くなる前に帰ってこいよ」

「物盗りですか」

「詳しいことは知らんが、人死にも出たらしい」

新年早々物騒なことだと初は嘆息した。

「それと、あのろくでなしに会ったら尻を叩いておけ。自分の身内のことくらい自分でどうにかしろ、うちの紅を悩ますんじゃないと」

「べつにあのひとのお世話は、わたしが好きでしていることだからいいんです。言うほど悩んでもいませんから」

行き先についてはお見通しらしい。この兄は本当に紅のことなら何でもわかってしまうのだと呆れつつ、紅は今度こそ部屋を出た。

草介の長屋では、ちょうど細くひらいた腰高障子から猫のおタマが身をよじらせながら出ていくところだった。草介いわく、猫は猫なりのつきあいがあるらしいおタマは近頃留守がちで、久しぶりにすがたを見かけた気がする。

「おタマ。元気にしていましたか?」

白と黒のぶち猫を後ろから捕まえて尋ねる。おタマははじめ嫌そうに四肢をばたつかせていたが、紅が勝手に腹を撫でまわしていると、観念したようすで「にゃあ」と鳴いた。

部屋の門口には、正月の松の枝に代わって、鰯の頭を枝の先に挿した柊が飾ってある。ふつう、鬼がやってくる節分の頃に魔除けのために飾られるものだが、ずいぶんと気が早い。

「今日は草介さんに会いに来たんですか？」

返事がないのはわかっているが、つい一方的に話しかけてしまう。

おタマは琥珀色の目を紅に向け、やれやれ、という風に息をついた。せっかく自分が来てやったのにこの人間どもは、とでも言いたげな横柄な仕草である。まあ、と呆れた紅にはかまわず、おタマは先がふたつに裂けている尻尾を振って、紅の腕の中から逃げだしてしまう。

しかたなく紅はひらきかけの腰高障子を引いた。

「草介さ――」

中に声をかけようとして、文机にもたれるように居眠りをしている男を見つける。出入り口には、鶯と梅の枝が描かれた和傘がふたつ、ひらいたまま転がしてあった。挿絵師だけでは到底食べてはいけないため、草介はしばしば傘の絵付けをはじめとした仕事をいくつかこなして、日銭を稼いでいる。

「草介さん」

もう一度呼びかけてみたが、起きそうにない。なるほど、おタマは草介がこのようすなので、あきらめて出ていったらしい。何か草介に伝えたいことでもあったのだろうか。

考えつつ、紅は乾かし途中の和傘をよけて、草介と背中合わせにちょこんと座った。夜の名残がまだ底のほうに漂う長屋は、傘に絵付けするときに使った絵皿が並べられたままになっている。泥絵具を溶く膠と墨が混ざりあった独特のにおいを深く吸い込んで、紅はかじかんだ指先に息を吹きかけた。

褪せた畳の色を忘れるくらいに重なった紙束と絵皿、出入り口にぶら下がった大小の絵筆と絵に使うための草木の染料。そして絵師の男。

幼い頃からあたりまえのようにあった光景だ。

それがうたかたのように消えてしまうことなど、想像もできない。紅にとって人生の大半ともいえる時間、草介はここにいたのである。

「あなたにとっては、この場所も仮住まいのひとつなのかもしれないけれど――」

きづけば、紅はひとりつぶやいていた。

「わたしには、ここだって『家』なんです。どこへでも好きに出かけてかまいませんけど、さいごは帰ってきてくださいよ。いくらでも待つから」

だんだんと子どもが駄々をこねるような声になってしまった。

むずがゆくなった鼻をすんと鳴らしていると、眠たげな声を上げて、草介が身じろぎをした。はずみに文机のうえに重ねてあった紙束がどさりと落ちる。薄く目をあけた草介に、紅は目を合わせた。

「おはようございます。もうだいぶ日は上がっていますが」

「絵付けに夜明け方までかかったさかい。なんや言うとったか、君」

かすれ声で訊かれたが、紅は首を横に振った。

「お夕マが来てましたよ。草介さんに会いに来たんじゃないですか」

「あいつ、なんや言うとったか」

「にゃあと鳴いてましたよ」

「あぁ……。そやな」

肩透かしを喰らった風にうなずいてから、草介はやっと身を起こした。

草介が身じろぎするたび紙が舞うので、紅は近くにあるものを手早く重ねて文鎮で押さえる。何の用だろうという顔をしている草介に、「お夕飯の差し入れです」と紅は家から持ってきた風呂敷包みを差し出した。

「大根の菜飯（なめし）とかぶのお漬物、それに蛸（たこ）の煮物をつくったので」

「おおきに。君のおかあさんのごはんはうまいからなあ」

「わたしだってかぶの皮むきはしたのですよ」

「そら、たいそうなことや」

草介は鼻で笑い、まだ温かな風呂敷包みを引き寄せた。

散らかった部屋の片づけをしながら、紅は家を出る前に初から聞いた仙太郎の話を草介にも伝える。

「呪詛専門の拝み屋なあ」

初同様、草介の反応は芳(かんば)しくなかった。

「草介さん。辻占の方が『返(かや)りの風』の話をしてましたけど、呪詛をかけられたときは、ほかにどうしようもないのですか?」

つや子が仙太郎の呪詛返しに巻き込まれた、と仮定する。

その対処ができるなら、つや子も安心するだろうと考えたのだが、「僕はそういうんは専門外やて言うたやろ」と草介はうっとうしそうに息をついた。

「つや子のことはミクズに任せておけばええんや。君が首を突っ込む話やない」

「草介さんはつや子さんのことになると、とたんに嫌そうになりますね」

「あれは化生(けしょう)のたぐいやさかい」

瞬(まばた)きをした紅に、草介はどこか投げやりに言う。

「僕の手には余る」

頬杖(ほおづえ)をつく草介の白い腕が藍縞(あいじま)の袖(そで)からひらりとのぞく。

その手首から腕にかけて、うすべに色の痣がまだらに浮かんでいた。

「草介さんっ」

思わず紅が腕をつかむと、草介は驚いた風に目をみひらいた。

「なんや」

「いえ、痣に見えたので。草介さんまで呪詛をかけられたのかと……」

「あほか。傘に絵ぇ描くときに使うた染料にかぶれたんやろ」

「あぁ」

ほっと胸を撫でおろして、紅は草介の腕を離す。

軟膏くらい塗ってくださいよ、と言いつつ抽斗の中を探していると、ふいにこめかみのあたりで何かが刺すように疼いた。なんだろう。何かを今、思い出しかけたような――

……。

記憶をたどっていると、軟膏を入れた薬箱の角に指があたった。「あ」と中途半端な声を上げて、紅はつかみかけた軟膏を取り落とす。

心臓がどくどくと激しく鼓動を打つ。

嫌なことにきづいた。

とても、とても嫌なこと。ちがっていればいい、そういうたぐいのこと。

「お嬢さん？」

呼びかけた草介に小さく首を振って、紅は拾った軟膏をその手のうえにのせた。

「わたし、今日は箏のおけいこがあったのでした。早く――帰らないと」

口から出まかせを言って、いそいそと立ち上がり、ブーツに足を入れる。

紅、と引きとめるように草介が紅の手首をつかんだ。そういうことを草介がすることはめったにないので、思わぬ手の大きさや力の強さにびっくりしてしまう。

「ほんまは誰んとこ行くんや」

宵空に似た色の双眸が、じっと昼と夜のあわいを探るように自分を見ている。かくしごとは、なんでも見透かされてしまいそうだ。けれど、その目に宿るひかりが思いのほか真摯だったから、むしろなんでも打ち明けたくなってしまい、紅は途方に暮れた。ろくでなし半歩手前の男であるのに、草介には本当に困っているときは必ず助けてくれそうな、ふしぎな信頼感がある。

「……軟膏、面倒くさがらずにちゃんと塗ってくださいよ」

振り切るように言い置くと、紅は長屋から出た。

ひとでにぎわう通りを足早に歩く。途中で数人の警官とすれちがったけれど、そのときの紅は気にも留めなかった。別のことで頭がいっぱいだったのだ。

自分が吐く息の音が耳鳴りのようにうるさい。

切らした息を整え、紅は屋敷の廊下をずんずん進む。

「お帰りなさいませ、お嬢さま」

いつもと異なる紅のようすに、「どうされましたか」と使用人のサトが気づかわしげに尋ねてくる。

「つや子さんとミクズさんは？」

「すこし前に連れ立っておでかけに……。あすにはここを発(た)つとおっしゃっていたので」

「あすには」

日のめぐりがよくなればとは聞いていたが、あすというのはいきなりだ。どうしようと紅はその場に立ち尽くす。しばし考えたすえ、心を決めてひとり離れに向かった。

つや子もミクズも出かけているということだし、今の時間、母は厨(くりや)で夕餉(ゆうげ)のしたくをしているので、渡り廊や離れの周りにひとはいない。これからすることの後ろめたさから自然と俯(うつむ)きがちになり、足取りも重くなる。ふるりと首を振ると、紅は離れの障子戸を引いた。

仮にもひとに貸した部屋に勝手に入るなど、してはならないことだ。草介の長屋だって、届けものを置く以外ではめったにそんなことはしない。

けれど、それでも、どうしても確かめなければならないことがあった。紅の思いちがいなら、それでよい。腹を割って、つや子とミクズに謝ろう。だが、もしも紅の思うとおりであったのなら――……。

「失礼します」

誰もいないとわかっていても中に声をかけ、紅は冷たくなった火鉢(ひばち)の前に座った。ミクズと語らった夜のことを思い出しながら、部屋の隅に置いてある振り分け行李(ごうり)の蓋(ふた)をあける。木製の薬箱は、行李の奥にしまってあった。

――浜木綿(はまゆう)、狐(きつね)の手袋、それに水仙(すいせん)も。

あのとき見かけた薬草の数々。

無邪気に名前を挙げていったときには考えもしなかった。あれらは薬草でありながら、毒にもなりうる。とくに球根付きのあの水仙は。

――これはつや子の薬箱やさかい。

指が震えたせいで、木の蓋が外れて転がる。

中身を確かめて、紅は息をのんだ。

何もない。中には何も入っていなかった。

「どうして……」

「なぁに、紅さん。ひとの部屋でコソ泥みたいに」

　背後からおっとりとかけられた声に、紅は肩を跳ね上げた。

　半分ひらいた障子戸に背を預けていたのは、つや子だ。胸の前で腕を組んだつや子は、「何しとんの？」と屈託なさげに首を傾げる。けれど、その目はがらんどうの穴のようで、まるで笑っていない。

「ミクズさんと出かけたのではなかったのですか？」

「忘れものを取りにうちだけ戻ったの。おばあさんはここにはいはらへんよ」

　色素の薄い眸を探るように眇めて、「それで？」とつや子は尋ねる。

「紅さんはこの部屋で何しとったん？」

「わたしは……」

　取り繕うことをあきらめ、紅は身体ごとつや子に向き直った。

「この薬箱に入っていた草たちはどうされたのですか？」

「草？」

「浜木綿、狐の手袋、それに水仙」

　正確に入っていた中身を言い当てた紅に、つや子は軽く眉を上げた。

「水仙は腫れ物や肩凝りに効く薬草でもありますが、扱いが難しいので、使う人間は少ない。むしろ、毒としての効能のほうが有名です。何よりも水仙の汁は、触れると手に赤いかぶれが残ることがある」

紅はつや子の右手をそっとつかんだ。

できるだけ力を入れずにつかんだつもりだが、痛んだらしく、つや子は微かに頰をゆがめる。親指と人差し指が赤黒く、そこから手首、腕にかけて赤い斑点が広がっていた。

つや子を診せたとき、「かぶれでは?」とスミス医師は指摘した。そして、最近毒草に素手で触れることはなかったかと尋ねた。はからずもあれは、とても正確な見立てではなかったのか。

「水仙はひとを死に至らしめる猛毒にもなります」

わななきそうになる唇を嚙み、紅は静かに続けた。

「わたしの思いちがいでしたらすいません。どんな償いでもいたします。――ねえ、つや子さん。薬箱にしまってらした草たちは何に使ったのですか。そして今、どこにあるのですか?」

瞬きをしたつや子の口元にゆるやかに笑みがのる。

ああ、笑い飛ばされるのだと紅はほっとした。

紅の考えすぎだと、何を言っているのだと、笑われるにちがいないと。

「紅さんって、鈍い思てたら、案外おつむが回るんやなあ。たまげたわ」

ふふっと子猫が息をこぼすような笑い声を立て、つや子は紅の手をやんわり払った。呆けた紅の顔がおかしかったのか、ふふふっと口に両手をあてて笑いだす。

「そやけど、腕の痣で困っとったのはほんま。ふつうは草の汁に触れても、ひと月も経てば治るさかい。こないいつまでも真っ赤っかで、憑きもんにでも遭うたかって心配やったんよ」

「つや子さん、あなたは……」

「そやで」

口にあてた手をするりと下ろして、つや子は紅を流し見た。

「仙太郎を殺したのは、うち」

夜のふちで咲く睡蓮のように甘い声だった。

「紅さんの言うとおり、水仙の根を刻んで溶かした酒のませてな。あのひと、褥のうえで腹の中のもん、しとど吐いて死んだわ。そやけど、狗神憑きの家の出いうんは知らへんかったなあ。遺体引き取りに来た親族の皆さんが、これは祟りやて騒いださかい、驚いたわ。まあ、せっかくやし、狗神さまのせいやて話を合わさせていただきましたけれど」

「なぜ……なぜなのです」

つや子の悪事をミクズはどこまで知っていたのだろう。

草介が神隠しに遭った夜のことを打ち明けてくれた老婆の、悲しみを秘めた顔を思い出すと、胸がむしょうにかき乱された。

「それは、仙太郎を殺した理由のなぜ？」

「だって、おかしいではないですか。一夜限りの恋と言っておられたのに、そのような……。仙太郎さんがつや子さんに無体をしたのですか。無理やり、その、お身体を……」

「紅さん」

またつや子が笑いだす。とびきりできの悪い喜劇でも見せられたように。「なにを言いだすのん」と首を傾げ、つや子は紅のおさげをぐいと引っ張った。

「はじめに言うたやないの。一夜で燃えて散り去る恋やて」

「恋」

「一夜で燃えて、幕を引くの。ずるずる尾を引くのは好みやない。うちはいつもそう。いつもそうなんよ。どうしたっても、紅さんみたいな女の子にはなれへんかったの」

あれは化生だと、草介は言った。

手に余る。自分の手には余る、と。

──見えへん。

──わかるな、ミクズ。見えへん。

たぶん一度ではない。この一度ではない。

薬箱にしまわれていた毒にもなる薬草たち。

つや子の手によって、幕を引かれた男たちはいったいどれほどいたのか。

「つや子さん」

これまでの人生で、うかがい知ることもなかった悪意に、眩暈がしてくる。

知らずあとずさると、障子戸の枠に肩があたった。

「薬箱の中身は、今どこにあるのですか」

「知りたいのん？」

がらんどうのつや子の眸に、濡れたひかりが滲む。

「そやけど、言うたら紅さん、たまげてまうかも」

「答えてください、はやく！」

「──草ちゃんちの水甕」

言葉を失くして目をみひらいた紅を、つや子は無表情に観察している。

「なっ、なぜ、……どうして……っ」

「だって草ちゃん、大事な御守りを紅さんにあげた」

つや子の口ぶりは、年端もいかない童女のようだ。

「うちやのうて紅さんにあげた。おもろない」

「そんな理由で……？」

泣きだしそうになった紅に、「うちもあの御守りが欲しい」とつや子はすねた顔をしてつぶやく。その頬めがけて手を振りかぶった。ひゃっとおびえたようにつや子が首をすくめる。

頬をかすめるぎりぎりで止めた手は震えていた。浅い呼吸を何度も繰り返し、紅は反対の手で己の手首をぎゅうとつかむ。

「ぶたへんの」

拍子抜けしたようすでつや子が言った。

「ひとをぶつのがおそろしいん？　ね、まさかおそろしいん？　紅さん」

「ちがいます」

「ほいなら、なんでぶたへんの？　ひとをぶつのって、気持ちええで。みぃんな、もっと好きに生きたらええんや。ぶって、ぶちかえして。足蹴にされたら、足蹴にし返して。呪われたら、呪い返す。ええやん、みんなやっとるし、うちはかまへんよ」

──聞くな。

震える手を握りしめて、紅はうなだれる。

熱を持ったこめかみが痛い。悔しくて、とても悔しくて、こみあげた涙が頬を伝った。

──聞くな、聞くな、聞くな。

父や母、兄姉たち。大切なひとたちに育ててもらった身体をそんなことに使うんじゃない。

「そこをどいてください」

握りしめていた手をひらき、紅はつや子を押しのけるようにして部屋を出た。

「逃げるの？」

「用事ができたので、失礼します。あなたと話すことはもう無い」

ぴしゃりと障子戸を閉めると、紅は離れの渡り廊を駆け戻る。

玄関に転がしてあったブーツをしまおうとしていたサトに「待って」と声をかけ、履き慣れたその靴に足を入れた。

「あーあ。せっかちゃんなあ、紅さん」

渡り廊の欄干に腰掛けたつや子は、屋敷の門から出ていく小豆色の外套を眺めて息をつく。

もうすこし自分につきあってくれたら、薬箱の中身を本当はどこに隠したのかも教えるつもりだった。けれど、紅のほうから出ていってしまったのだから、しかたない。ついにぶたれなかった頰を指の背で撫ぜ、これも恋のようやな、と微笑む。

——紅にならぶたれてもよかったのに。

つや子は一夜の恋を愛する女である。

燃え上がり、終わる瞬間の鮮やかさを好む。

常びとはどうやら、ぱっと燃え上がったあとはぬるま湯のように永続する情を好むようだが、つや子には理解できない。昔の草介なら、つや子の美学を理解してくれそうだったのに、十年も横濱女のそばにずるずるいるので、気性が変わったのかもしれない。草介は刹那的なくせに、面倒くさがりで、あと、すこし年下の女の子に弱い。妹がいたから。

「身代わりは一度きりやて、言うたやんなあ、辻占のお嬢さん」

小豆色の外套から抜き取った御守りは今、つや子の手の中にある。

はじめて見たときは、あんなに輝いて見えたのに、いざ自分のものにしてしまうと、年季が入っただけの御守りはちっとも気を引かれない。紅さんに返してあげよかな、と思ったけれど、当人がいないからどうしようもなかった。

紅の吾妻コートには、御守りの代わりに別のものを縫いつけておいた。しばらくよくしてもらった餞別だ。

「おばあさん、待たせたらあかんか」

栗色の癖毛をかきあげつつ、つや子はゆったり離れを出た。

心臓が破れそうなくらい激しく、鼓動が早鐘を打っていた。

薬箱の中身の毒草を、草介の部屋の水甕に入れたとつや子は言った。

長屋を後にしたとき、草介は水を汲むそぶりを見せていただろうか。あのひとは、起きぬけに白湯を入れるひとだったろうか。わからない。記憶をたどろうとすると、祈りと悪い想像がないまぜになって、見ていたはずのものが定かではなくなってくる。

――神さま、神さま、横濱弁天さま！　どうかあのひとを守って……！

息を切らしながら長屋にたどりついた紅は、狭い路地を埋め尽くさんばかりにひとだかりができているのを見て、顔をこわばらせた。

「あっ、紅さん！」

ひとの輪の端にいた長屋の住人が、紅を見つけて駆け寄ってくる。

西洋料理店で働く、穏やかな気性の青年だが、今は血相を変えていた。

「大変なんだよ。絵師さんが――」

「どこにいるのですか、草介さんは！　無事なのですか⁉」

「いや、無事というのか……」

青年が口ごもっていると、前方で罵声とともに腰高障子が外れる派手な音がした。

「あの、ちょっと通してください！」

ひとをかき分けるようにして前に出れば、紺詰襟の男たちがいかめしい顔で草介の長屋を取り囲んでいる。制帽を目深にかぶり、サーベルを腰に佩いた警官である。尋常ではない空気にのまれた紅は、呻きながら戸口から引きずりだされる男を見て、悲鳴を上げた。

「草介さん⁉」

「見つけました！」

草介を突き飛ばしかねない勢いで出てきた若い警官が、風呂敷に包まれていた何かを掲げる。

見たところ、草介が毒を喰らったというようすではない。しかし、あたりを支配する不穏な気配に、いったい何が起きているのだろうと不安がふくらむ。

「水仙のほかにも数種の毒。ボートハウスで使われたものと同じようです」

「奪われた財布は？」

「ありました！」

短い会話が矢継ぎ早に交わされ、地面に引き倒された草介を屈強な警官たちが押さえつける。とてつもなくまずいことが起きている予感がした。「紅さん」と止める青年の手を振りほどき、紅は警官たちの前に飛び出す。

「すいません！　あの、このひとが何かしたのでしょうか」

「慎（つつし）め、女！」

手前にいた若い警官から怒声が飛び、紅はぎゅっと心臓を縮みあがらせる。

「おい。この男とはどういう関係だ」

「関係といいますと」

「情婦か？」

「じょっ、いえ！　ちがいます！　このひとは……時川（ときがわ）草介さんは、伊勢佐木（いせざき）の枳殻社（からたちしゃ）雇いの絵師で、草介さんが暮らしている長屋の大家がわたしの父なのです」

いったいどうして、かようにおそろしい尋問（じんもん）を受けているのだろう。もしも紅がうかつなことを言えば、腰に佩いたサーベルで問答無用で斬り捨てられそうだ。地面に転がされた草介は腕をひねりあげられていて、そのうち骨がポッキリ折れてしまうんじゃないかとひやひやする。

「あの、本当にこのひとが何かしたんですか？」

「だから、口を慎めと――！」

業を煮やした若い警官が手を振り上げる。

それを別の警官が横から止めた。

「やめろ、島宮。おまえの妹御ほどの歳の娘だぞ」

「しかし！」

反論しようとした若い警官――島宮の腕を、年嵩の警官がさらに締め上げる。腕が折れます、と島宮が頬を引き攣らせて呻いた。

ほとんど力ずくで島宮を黙らせると、年嵩の警官はこちらに向き直り、自分は伊勢佐木町警察署の警察官で山内だと名乗った。白髪まじりの短髪に顎傷のある顔は精悍で、島宮が気の荒い若鴉なら、山内は泰然とした老鷹を思わせる。

「おどかしてすまない。我々はおととい波止場のボートハウスで起きた事件を捜査していてね」

「確か、物盗りがあったと……」

送り出すとき、初がしていた話を紅は思い出す。

そうだ、と山内がうなずいた。

「朝、ボートハウスの管理人が、泡を吹いて息絶えていた男を見つけた。毒入りのビール瓶も一緒に転がっていたらしい。持っていたはずの財布がなくなっていたから、物盗りを目的とした殺人だろうと我々は考えている。何らかの方法で男に近づき、毒入りのビールを飲ませて殺したのだろう」

「その事件と草介さんにいったい何の関係があるというのです?」

地面にうつ伏せにさせられた男に目を向け、紅は尋ねた。

この三文絵師が物盗りに殺人とは。冗談にもほどがある。

「通報があったのだ」

顎にはしった古傷をさすりつつ、山内が言った。

「事件があった夜、この男がボートハウスの前をうろついていたと。そこで調べてみると、長屋の自室からこうして財布と毒が見つかった」

「何かのまちがいです」

まちがい――否。仕組んだのはたぶん、つや子だ。

水甕に毒を投げ込んだのではない。つや子はこういう形で草介に報復をした。

あるいはボートハウスで男を毒殺したのも、つや子なのかもしれない。

一夜で燃えて朝には醒める恋。つや子にこらえ性があるようには思えなかった。

「犯人がこのひとを陥(おとしい)れようとしたのでは？」

「うだつのあがらない三文絵師をわざわざ？」

島宮をはじめとした警官たちから哄笑(こうしょう)が上がる。

丁重(ていちょう)な態度は崩さないが、山内も憐(あわ)れむような目で紅を見ている。彼らからすれば、紅は長屋の住人を必死で庇(かば)う愚かな少女だった。けれど、真実はちがう。

どう考えても草介が濡れ衣(ぎぬ)を着せられたとしか思えないのに、どうしたら目の前のひとたちに信じてもらえるのだろう。悔しさから打ち震え、紅は俯いた。真実を、つや子のことを言うしかないのか。だが、つや子が男を毒殺したという証拠だってどこにもない。

「それに、この男は素性を偽(いつわ)っている」

「……え？」

別のことに考えをめぐらせていたため、一拍遅れて、紅は山内を見返す。

「素性がなんだとおっしゃいました？」

「ここに来る前に、彼の戸籍を調べた」

それまで地面におとなしく引き倒されていた草介が、わずかに肩を揺らした。

「天保(てんぽう)元年生まれの八十二歳。どう見ても歳があわん。おおかた、整理し忘れた戸籍を勝手に使っていたのだろうよ。ただの絵師が、偽(にせ)の戸籍を使ってまで身元を偽る必要があるか？」

「それは」

頭を後ろから殴られたような衝撃が紅を襲っていた。

偽の戸籍？　天保元年生まれの八十二歳？

このひとははじめて出会った十八のときから、時川草介と名乗っていたというのに。

「それは……」

では、紅が十年間ともに過ごした男は、いったい「どこ」の「だれ」だったというのか。

答えを探すように、地面にうつ伏せた草介を見やる。

そして、眉根を寄せて息を吐き出した。

いつものとぼけた顔をしていれば、やはり何かのまちがいだろうと庇ってやれるのに、こんなときだけ、しまった、という顔をしている。伏せがちの眸がさざめきだっている。

このひとも何かをおそれるそぶりを見せることがあるのかと意外に思った。

「本当の名を言え。出身と年齢、横濱に来た目的は」

島宮の尖った靴先が草介の薄い肩を小突いた。草介が黙っていると、靴底を上げて地面に置いた手のうえに向かう。

「このひとは時川草介さんです……っ」

きづけば、紅は叫んでいた。

割り込むように草介の前にかがんで、宙に浮いた靴を睨みつける。怒りで声が震えないように、紅は一度深く息を吐いた。

「まずはその足を下ろして。うちの店子に乱暴なさらないでください」

「危険極まりない人物だ。逃げられたら困る」

「草介さんは逃げたりなんかしません」

「君は彼が何者か、知っているのか？」

島宮に代わって、山内が紅に尋ねる。

ゆるやかに首を振り、紅は口をひらいた。

「戸籍のことは知りません。どうして盗まれた財布や毒がこのひとの部屋にあったのかも。でも、このひとは時川草介さんです。うだつのあがらない三文絵師で、家もなければ銭もなく、甲斐性だってない、ろくでなし半歩手前の、わたしの大切なひとです」

一息に言いきると、紅は警官たちを見渡した。

「このひとに無体を働くことは大家の娘であるわたしがゆるしません。しかるべき手続きをふんで、茶木金吾の家にお越しください。道理が立っているなら、父もこのひとを引き渡すでしょう」

「生意気な口を利くな！」

こめかみに青筋を立てて、島宮が腰のサーベルに手をかける。

今度こそ斬られる、と紅は首をすくめた。まだ斬られてもいないのに、血なまぐさいねっとりとしたにおいが鼻をつく。まるで獣肉を腐らせたような嫌なにおいだ。小さくえずいた紅の耳に、ぴしゃりと濡れた足音が響いた。

「紅」

警官たちの拘束が緩んだ隙に、何かにきづいたらしい草介が半身を起こす。

「おまえ、勝手に！」

詰め寄る島宮にはかまわず、草介は紅の身体を後ろから抱えるように引き寄せた。なにを、と振り返りかけた紅のおさげの先がぷつんと切れる。

サーベルを振りかぶったまま、島宮がぎゃっと叫び声を上げる。紅のほうに踏み出したはずの右足が膝下からなくなっていた。勢いよく血が噴き上がり、遠巻きに見守っていた長屋の住人たちが悲鳴を上げて逃げ惑う。

「なんで、ここにおるんや」

めずらしく切迫した声が草介の口から漏れる。

草介の目が追っているのは、サーベルを抜いた警官たちではなく、別のなにかだ。紅には見えない、聞こえない、ひとならざるなにか。

「なんだ、獣か……？」

右足を失った島宮を庇い、山内たちはすばやく路地を見回す。

腐肉のような強烈な悪臭が生じていた。

急に日が翳り、あたりがすっぽり薄闇に覆われる。ひゅうひゅうと血なまぐさい吐息とともに、こちらに近づいてくる足音が聞こえた。重たい肉と地面がこすれあうような湿った音だ。

探されている、と紅はおびえる。

なぜだろう。このおそろしいものは、さっきも大勢の中から紅ただひとりを狙った。島宮はその巻き添えを喰らったのだ。

「なにが……なにがいるのですか……？」

腹に回された男の腕に触れ、紅は草介を仰ぐ。

宵空にも似た色の双眸は、何かを見つめている。たぶん、とてもおそろしいものだ。草介がこちらを見てくれないこともおそろしくて、ねえ、と手で上着を引くと、草介はやっと紅のほうに目を戻した。

「狗」

「いぬ？」

「まあ、かいらしくはないわな」

頭のうえから、ぱさりと何かをかけられる。絵具と墨のにおいがする草介の羽織だった。

紅を地面に座らせたまま立ち上がり、草介は長屋の門口から節分用の柊鰯を引き抜く。とげとげした葉を持つ柊の枝の先に、焼いた鰯の頭を挿したものだ。

「この子はつや子ちゃうで」

さらりと指で柊の葉を鳴らして、草介が澄んだ水のような声で言う。

腰をかがめ、土のうえに柊の枝でまっすぐ線を引いていく。近づこうとした何かが飛びのく気配がした。柊鰯には魔除けの力があるという。柊くらいでこの魔を退けられるのかわからなかったが、草介は絵筆をふるうかのごとく柊の枝で線を描き、折り返した。

「あんたが探してる子ぉやない。ちゅうか、見つけてももう添い遂げられへん。あんたはとっくに死んでしもうたさかい、仙太郎」

細く息をのみ、紅は草介の視線の先に目を凝らした。

仙太郎。つまり、つや子が殺した男が、このおそろしい魔であると？

「どういうことですか。仙太郎さんが『狗』？」

状況を理解しきれず、紅はつぶやく。

「だって、仙太郎さんは呪詛返しで死んだのではない。つや子さんに毒を盛られたのでしょう?」

つや子を苛んでいたのは、毒草に触れたことによる皮膚の炎症。小鳥が噛み殺されたのも、隣家の叔母が死んだのも、呪詛によるものではない。何しろ、呪詛そのものが存在しなかったのだから。そうではないのか。

「仙太郎は呪詛返しや祟りで死んだわけやない。逆や。仙太郎は死ぬときに、つや子に呪詛をかけた。自分の飼うとった狗使うてな」

「なら、小鳥が噛み殺されたのも、叔母さまが惨殺されたのも……」

「狗は目ぇ悪いさかい、ずっと探しとんのや。つや子のにおいをたどって、まさか山越えてくるとは思わへんかったけども」

そのとき、暗がりにたたずむ何かが、ぐわん、と唸った。

地揺れでも起きたかのように長屋の薄壁が小刻みに揺れ、あまり頑丈とは言えない屋根から欠けた瓦が転がり落ちる。見えない紅にも伝わった。今目の前にいるらしい何かはひどく憤っている。そして嘆いてもいる。相反する感情の渦は今にも堰を切りそうだ。

襲ってくる、このおそろしい魔が。

蒼白になり、紅は羽織をかぶったまま、草介の腕を引いた。

「どうしたらよいのです？　仙太郎さんにひとちがいだとわかってもらうには」

「そやから僕は拝み屋やない言うたやろ。あちらさんもさっぱり聞いてへんよ」

草介が柊で引いた描線はじわじわとかき消え、代わりに血なまぐさい吐息が近づいてくる。ひときわ大きな唸り声がして、おんぼろ長屋の屋根がついに瓦解（がかい）した。土煙が上がり、長屋の住人たちは皆、蜘蛛（くも）の子を散らすように逃げていく。

「付け焼き刃じゃ、魔は祓（はら）えんか」

あきらめた風に草介は柊の枝をぽいと投げた。

どうしよう、と草介の腕にすがりながら、紅は泣きだしそうな気分になる。仙太郎はなぜか、紅をつや子だと思いちがいをしている。このままでは紅もろとも草介まで魔のものに食われてしまうだろう。このひとはなんのかの言って紅を放り出すことはしない、そういうひとなので。嘘を重ねていたとしても、それだけはわかる。だって草介は今も紅のそばからひとり逃げ出さないでいる。

鼻の奥がつんと痛んできたので、紅は眉間（みけん）に力をこめた。

泣くな、と自分に念じる。こんなときに泣きわめいてもしかたない。

状況は変わらない。狗はいなくならない。

けれどやっぱり涙が滲（にじ）みそうになり、ええい、と紅は顔を振り上げた。

「草介さん。仙太郎さんが追いかけているのは、わたし、なのでしょう？」

草介はこたえなかったが、否定もしないそのようすから察しがついた。

よし、と心を決め、つとめて軽やかに見えるように、紅は口端を上げる。

「大丈夫。わたし、足には自信があります。今日はブーツですし、これくらい逃げおおせてみせますよ」

一瞬、虚をつかれたような顔を草介はした。次いで紅の意図するところを理解したのか、眦を和らげてふわりと微笑む。朽ちかけの花が匂い立つような艶やかな笑みだった。

「そやな」

離れかけた紅の手をつかみ直して、草介はそれを口元に引き寄せた。

大丈夫、と紅のいましがたの言葉をなぞりながら、甘く退廃した声が囁く。

「死ぬときは一緒や。地の果てまでともに行こ？　お嬢さん」

どこぞのメロドラマみたいな台詞に、紅はぽかんと口をあける。

あふれそうになっていた涙まで引っ込んでしまった。

「ご冗談を」

「さすがお嬢さん。察しがよい」

ふっと笑い飛ばした草介が紅の手を強く引くと、頭にかけてあった羽織が滑り落ちる。

何かが紅めがけて跳躍する。それを反対の方向から走ったふたつの疾風が阻んだ。目に見えない力の塊がぶつかりあい、並んだ長屋の腰高障子がいっせいに軋む。ひとつが弾け飛び、ふたつみっつと障子に大穴があいた。

血なまぐさいにおいが霧散し、翳っていた空に日が戻る。

リン、と澄んだ鈴の音が耳を打ち、紅はおとがいを上げた。

「間一髪やったねえ、草ちゃん」

長屋の木戸の前から悠然と声をかけてきたのは、二本の細い竹筒を携えた小柄な老婆だ。

「ミクズさん⁉」

「おそろしい思いをさせて堪忍な、紅さん」

竹筒の先には、小さな銀の鈴が結んである。何かをしまいこむように竹筒の蓋を閉じると、ミクズはそれを帯に挿した。

「いったい何が……」

すっかり混乱したようすで、警官たちが首をひねる。

往来とは逆の方向を指して、ミクズが言った。

「獣が一頭あちらに逃げていきましたよ。どでかい山犬やろか」

もちろんそんなものは紅も見ていない。なぜ嘘をつくのだろうと困惑した紅に、ミクズは促すように軽く顎を引いた。それでこの老婆の意図をおぼろげながら察する。

「ええ、ええ！　あちらに逃げていきました！　大きな山犬です！」

追従する紅の声に、警官たちも我に返ったようだ。

「そ、そうだ山犬だ……」

「早く医者を呼べ。島宮が足を負傷している」

統率を取り戻した動きでひとりが医者を呼びに行き、もうひとりが負傷した島宮の足を紐で縛る。襲撃してきたのは得体の知れない何かではなく山犬であったと彼らは信じることにしたようだ。

やれやれという風にミクズが瘦せた肩をすくめる。

「わたしは止血用の布とお水を……」

「待ちなさい。彼の件がまだ終わっていない」

きびすを返そうとした紅に、ぴしゃりと山内が制止をかける。

途中、狗の乱入があったせいで忘れかけていたが、もとはといえば、草介が強盗犯として連れていかれそうになっていたのだ。偽の戸籍や、盗まれた財布と犯行に使われた毒が草介の部屋に隠してあったことについても、申し開きができたわけではない。

「なあに、どないしたん？　草ちゃん」

まるで悪戯をみとがめたみたいなミクズの口ぶりに、草介はばつが悪そうに頬をゆがめた。代わりにことのあらましを紅が説明すると、「相変わらず、とばっちりばかり喰らう子やねえ」とミクズが呆れた風にため息をつく。

「警官さん、うちから説明してもええやろか」

申し出たミクズに、「どうぞ」と山内がうなずいた。

「この子は確かに大江山のふもとにある時川家の坊ですわ。子どもの頃から知っとるさかい、まちがいあらへん。母親の名は美影。どこの種の子かはわからへんけど、美影と後添えの旦那が自分の子として、ほかの子らと一緒に育てとりました。時川は先々代にも本家に草ちゃんと同じ名前の子ぉがおったさかい、戸籍をとりちがえたのんとちゃいますか」

ミクズの説明は明快だ。眉根を寄せて押し黙り、山内は何かを考えこむように顎をさすった。

「だが、あなたが仰ることには証拠がない」

「うちの話が信じられへん言うなら、直接、時川家に訊いてみたらええわ。うちと同じように言わはると思いますけど。とにかくこの子は、こない複雑な生い立ちのせいで、十八になる前に家を飛び出た放蕩息子でな。そやかて、ひとさまのもん盗るほど度胸はあらへん男やさかい、今回のことは濡れ衣やて思います。そのあたり一度きちりと調べてもろうてから、来てもらえると助かりますわ」

小柄な老婆であるのに、ミクズには屈強な警官たちとも互角に渡り合える気迫のようなものがある。状況が悪いと考えたのだろう。山内はミクズと紅の身元を控えてから、今一度訪ねる旨を告げ、島宮を乗せた戸板を他の警官たちとともに担ぎ上げた。

ひとまずの危機は脱したらしい。警官たちを見送ると、ほうと息をついて、紅は地面に落ちていた草介の羽織を拾った。

「どこも怪我はありませんか？」

埃を払って、草介の肩に広げた羽織をかけてやる。

草介はちらりと複雑そうな表情でミクズを見たが、結局何も言わずに羽織の衿をかき寄せ、「痛い」とつぶやいた。

「なんで真面目に絵え描いて生きとるのに、地べた倒されて押さえつけられなあかんのや」

「財布には、本当に心当たりはないんですね？」

「当たり前や。うちにあるて知っとったら、札の数枚くすねてたのに」

心外そうに草介は顔をしかめた。すっかりもとの調子を取り戻している。

人知れず安堵して、「ありがとうございます」と紅はミクズに頭を下げた。

「ミクズさんが説明してくれなければ、たぶん草介さんはあのひとたちに連れていかれてました」

「ええんよ、草ちゃんには大きな借りがあるさかい」

凪いだ眼差しで草介を見つめ、ミクズは首を振った。

それにしても、と紅はなだれ落ちた屋根瓦や外れた障子が散乱している路地を見やる。島宮が溝板のうえに残していった血痕が生々しい。いましがたまで命の危険にさらされていたのかと思うと、身震いしてしまう。

「『仙太郎さん』はどうして立ち去ってくれたのでしょう」

「わからへんのか」

「ええ」

うなずくと、草介は大仰に息をついた。

「僕は拝み屋やないて、いつも言うとるやろ」

「ええと、はい？」

「正真正銘の拝み屋はこのばばや」

草介が示した先には、小柄な老婆――ミクズのすがたがある。

「ええ？」とまぬけな声を上げた紅に、ミクズは悪戯っぽく微笑んだ。

「一度は廃業にしたんやけどな。孫がへんなもんに追い回されとるさかい、この冬だけ開業や」

帯に挿した年季ものの二本の竹筒をミクズが紅に見せる。見覚えがあるそれらは、ミクズとつや子が草介を訪ねた日、草介の手からミクズに渡ったものだ。

「もとは、うちの狐やさかい」と何でもないことのようにミクズが言った。

「まさかミクズさんは狐使い……？」

「狗神使いがおるなら、狐使いかておるやろ。とくに、うちは退魔専門。すがたさえ現せば、退(しりぞ)けることとくらいはたやすい」

「若い頃はこのばば、そらもう手に負えへんじゃじゃ馬やったらしいで」

揶揄(やゆ)するように、草介は咽喉(のど)を鳴らした。

今の温厚そうな老婆からは想像もつかない。「うそでしょう？」と草介とミクズを見比べていると、草介の手がおもむろに紅の吾妻コートの後ろ衿を引っ張った。首筋に冷気が入り込んで、「何をするんですか」と紅は草介を睨む。

「お嬢さん、ちとそのお汁粉色のコートを貸してみ」

「なぜです？」

「仙太郎がなぜ見ず知らずの君を追いかけたのか、ふしぎに思わへんかったか」

謎かけめいた草介の言葉をいぶかしみつつ、紅は外套を脱いで草介に渡す。袖のうちに手を入れた草介が、裏表をひっくり返した。草介から借りた御守りを縫いつけていたはずの箇所には、代わりにひとがたの形代（かたしろ）が縫い留めてある。辻占で占い師からもらったものだ。

「なぜこれが……」

「ミクズ」

袖から剝（は）がした形代を草介はいささか乱暴に破いた。はらはらと紙がひるがえって、溝板のうえに落ち、島宮の血を吸って濡れそぼつ。

一度なら身代わりとなってくれる、と辻占の少女は言っていた。

つまりつや子は、紅を。

「孫の尻ぬぐいは自分でしぃよ」

形代だったものを下駄の歯で踏みつけ、草介はつめたく言った。

朱色の御守りをポーンと宙に投げる。

かぞえ歌をうたいながら、ポーン、ポーンと何度も投げては受け取るのを繰り返し、つや子は大桟橋が見える夕暮れの海岸通りをひとり歩いていた。以前、広場に出ていた辻占の掘っ立て小屋はなく、遊歩する男女がまばらにいるだけだ。

「退屈」

焼けるような赤い空を仰いで、つや子は御守りをまた投げる。受け取り損ねた御守りが足元に落ちた。通りに沿って植えられた松がいびつな影を刻む地面にかがんでいると、すっと別の長い影がかたわらに伸びる。

「つや子」

自分を呼ぶ穏やかな声にぱっと相好を崩して、つや子は拾い上げた御守りを衿にしまった。

「おばあさん。どこ行っとったん？　探してたんよ」

男を閨に引きずり込んでは殺すつや子の業の深さに、うすうす感づいていたらしい親族は気味悪がって、つや子をさっさと家から追い出した。途方に暮れたつや子に手を差し伸べてくれたのはこの祖母だけである。

だから、つや子はミクズを慕っている。勉強は嫌いだったが、祖母の話はどれも興味深く、とくに薬草の知識はそっくりそのまま祖母のものを継いだといってよい。あいにく祖母とはちがって、つや子は命を救うより奪うほうに才覚を発揮してしまったのだが。

「ちと野暮用でな」

ミクズは年季ものの竹筒を指に挟んでもてあそんでいたが、つや子がそれに目を留めると、くすっとわらって手の中に隠してしまった。

「つや子。おばあさんはな、つや子がかいらしくてたまらへんの」

「うん」

「うちは一族のつまはじき者やったさかい。うちの手ぇ握り返してくれたんは、幼い頃の草ちゃんと、あとはあんただけ……。かいらしくて、執着して、つや子のためなら何でもしてしまう」

「うん」

「そやから、つや子にかけられた仙太郎の呪詛は、おばあさんが返すさかい」

「え？」

小首を傾げたつや子に、ミクズは微笑む。ぞっとするほどやさしい微笑だった。

「つや子、知っとるな。呪詛にもっとも有効なのは呪詛返し。けど、誰も引き受けたがらへん。呪詛に呪詛を返すのは外法やさかい。そやけど、うちはええんよ。返りの風に吹かれても」

「おば、おばあさん……」

「つや子がひとり食われてしまうより、ずっとええ。なあ?」

リン、と鈴の音を鳴らして、ミクズが竹筒の蓋をひらく。

この祖母は薬草に通じているだけでなく、かつては狐をも従えていたという。

口さがない一族の者たちが言う悪口だ。否、悪口ではなく。

「やめて……」

おびえてミクズの枯れ木のような腕にすがりつく。ミクズはつや子の手を振り払ったりはしなかった。ただ、山の中ではぐれそうになった少女の頃と同じように、きゅっと手をつなぎ返してくれる。

「こわくないでつや子。地の果てまでともに行こ?」

血も凍るような叫び声は、打ち寄せる波のうえをいつまでもこだましていた。

四

数日後、つや子は片腕がなくなった状態でふらりと伊勢佐木(いせざき)の警察署に現れた。

波止場のボートハウスでの毒殺を認めたらしいが、そのあとはずっと、狗(いぬ)が、狗がくる、とうわごとを繰り返しているのだという。これでは聴取ができるかどうか、と草介の嫌疑が晴れたことを伝えに来た山内は嘆息した。

ちなみに、島宮は一命をとりとめたらしい。これから療養している病院へ見舞いに行くのだという山内に、初が義足づくりの職人を紹介していた。

草介の戸籍はやはり取りちがえがあったらしく、後日、今度は役所の人間が菓子折りを持って詫びにやってきた。

草介があのとき、おびえた目をした理由はわからないままだ。


立春を過ぎ、ほんのりあたたかくなった風が梅の花を一輪、二輪とほころばせる。

ステンドグラスがはめ込まれた三角屋根の駅舎がうつくしい横濱停車場の前には、人力車がずらりと一列に並び、鞄を持ったひとびとが足早に行き交っていた。噴水塔がある広場で、花売りの子どもが道行くひとに三色すみれを差し出している。一本を買い、花に顔を寄せて微かな香りを楽しんでから、髪に挿してみた。

「草ちゃんが御守りなんか、あの子に持たせたさかい」

停車場の中にある待合室で、ミクズはほとりと息をつく。

「中途半端に助けられてしもうた。うちもな」

眇めたミクズの左目は今は白く濁っている。

見えへんようになってしもうた、と数日前に戻ってきたミクズはあっけらかんと明かした。仙太郎がつや子に放った呪詛に呪詛返しをした代償なのだという。

「知るか。あれはつや子が勝手に盗ったんや。君も外套に縫いつけたもん、勝手にすり替えられるなんて、うっかりにもほどがあるわ」

「そうは言っても、きづくわけがないではありませんか」

しかめ面をして、紅はコートの袖をつまんだ。

あのあと聞いた話によると、ミクズは長いこと狐たちを従えて退魔専門の拝み屋をやっていたらしい。だが、時代の流れで廃業することを決め、使役した狐たちを封じた竹筒を故郷から出る草介に預けた。今から十年前のことだ。つや子には伏せていたが、横濱に来た本当の目的は草介から管狐を返してもらうためだったようだ。

「あの子の業の深さはうちも知っとった。そのせいで死ぬ間際の仙太郎に呪詛をかけられたらしいことも、あとになってきづいた。そやから、あの子を連れて町を出て、草ちゃんを探したんや。道中、あの子が好き勝手せえへんように目を光らしとったつもりやったけど、うちも歳やし、あの子もあの子ですばしこいところがあってな」

「ほんま、えらい迷惑や」

待合室のベンチに座る草介のそばでは、胴がまるくふくらんだダルマストーブが赤々と炭を燃やしている。

――一夜で燃えて、散り去る恋や。

夢見るようなつや子の声がよみがえり、紅は目を伏せた。

「つや子さんは、平気でしょうか」

「君はまたひとの心配か」

「いえ、わたしだってあのひとには腹を立ててますけれど」

己(おのれ)の欲を満たすために、男たちに毒を盛ってきたつや子。

ああいう女人を毒婦とひとは言うのだろうか。

それでも紅は、ともに辻占煎餅(つじうらせんべい)を食べたり、夕暮れの埠頭(ふとう)を歩いたほんのひととき、猫のように伸びやかなつや子の本性に触れていたとも思いたいのだ。そのようなことを初に言うと、偽善だな、と鼻で笑われた。

――あれはどうしようもない女だ。

騙(だま)されていたくせに、平然と初は言った。

――ただのどうしようもない女だ。表も裏もない。

初のように割り切ることは、まだ紅にはできそうにない。もしもつや子が、甘えるようにまた紅に腕を絡ませてきたら、しょうのないひとだと、どうにかしてあげたくなってしまう気がする。

「まったく、神さまてのは御守り持ってれば誰でも救うんか」

「それはちがいますよ」

今は草介の手に戻った古い御守りに目を向けて、紅はきっぱりと言った。

「御守りはいつだって草介さんを守っています。つや子さんは関係ない。あなたが知るひとがむごたらしい死に方をしたら、あなたが苦しむから、つや子さんを助けたんです」

ミクズと草介は異国の言葉でも聞いたように顔を見合わせた。

「うちのお嬢さんときたらこれやで」と草介が呆れた風に言い、「ええのんとちゃいますか」とミクズが少女のように口に手をあてて笑う。寄り添うふたりはなぜか、一対のおしどりを思わせる打ち解けた空気を醸している。祖母と孫ほど年が離れているのに、すこしふしぎだ。

「ミクズさんはどうして管狐を草介さんに預けたんですか?」

ミクズは拝み屋を廃業にしたと言っていた。

つや子のために、管狐を草介に返してもらいにやってきたというのはわかるが、はじめからそばに置いておけば、老体にかような長旅を強いることもなかったはずだ。

「草ちゃんには借りがある言うたやろ」

　輝きを残した片方の目にやわらかな光をのせて、ミクズは紅を見つめた。

「七つのとき、この子はうちのせいで神隠しに遭うてしもうた。管狐は、ほんまは草ちゃんにあげたんよ。草ちゃんが困ったときに一度だけ力になるようにって、狐たちに最後に命じてな。まさか十年、使わず律義に持ってはるとは思わへんかったけれど」

「困ることがなかったからではありませんか？」

　冗談めかして紅が微笑むと、「それならそれでええことやわ」とミクズはうれしそうにうなずいた。

「管狐とやらは、狗神とちがって廃業にてまどらないのですね」

　二本の竹筒は今、ミクズの帯元に挿されている。初から聞いた話では、土佐の狗神は廃業する際、多大な労力がかかるのだという。人知を超えた力は便利だけれども、支払う代償もまた大きいのだ。

　いいや、とミクズは皮肉げに肩をすくめた。

「狗神が家に憑くのに対して、この狐はひとに憑くだけや。代償はきっちりその人間が支払わされる。うちはな、紅さん。あの世にはいかへんことが決まっとる。近いうちにむごたらしい死に方をして、身体も魂も狐たちの食いもんにされる。ひとならざる力を使うた人間の末路なんて、こないなもんや。廃業にもしたくなる。――今時分、流行らへんやろ」

ふっと微笑むミクズの声に、いつもの草介の言葉が重なる。

ふいに紅は直感した。

草介の幼馴染みはつや子ではなく、ミクズのほうだったのではないかと。

……自分でも呆れたくなる妄言である。だって、この老婆と草介とでは年が離れすぎている。それなのに、なぜか紅の脳裏には、熱に苦しむ幼いミクズの手を握りしめた七つの草介のすがたが、白昼夢のように鮮やかにひらめいたのだった。

停車場から蒸気機関車がゆるやかに出発する。

窓から手を振るミクズに大きく手を振り返し、紅は蒸気を上げる黒い車輌が遠のいていくのを見送った。草介のほうは途中で飽きたらしく、夜明け方の雨が残した水たまりを使って、地面に絵を描いていた。狐らしい。このひとの絵はこのひと以上に饒舌だな、と紅は近頃思う。

「帰りますか」

高らかな汽笛を背にして、紅は草介に声をかける。

停車場を後にして弁天橋を渡り、海沿いの遊歩道を並んで歩く。冬の陽は傾きはじめていた。打ち寄せる白波の向こうで、大小のかもめが鳴き交わしながら飛んでいる。

「今年は何やらせわしない年明けでしたね」

風に揺れるおさげを押さえて、紅は苦笑した。

「ほんま、狗に追い回されたり地べたに押さえつけられたり、ろくなもんやなかったわ」

「あれは、あなたがきちりと反論すればよかったのですよ。警察署に連れていかれる前に、ミクズさんが説明してくれてよかったです」

それでも今回、いちばんのとばっちりを喰らったのは草介だろう。

海岸通り沿いにある洋菓子店でビスケットでも買って、ご機嫌とりをしてあげようか。そういえば、仙太郎から紅を守ってくれたときの御礼はしていないままだ。

道に落ちた己の影法師に目を留めると、胸の片隅にしまったままにしていた疑問がよみがえった。

「美影さんっておかあさまの名前でもあったんですね」

警官に草介の身元を明かしたとき、ミクズが言っていた。

――誰の種かもわからないが、母親の名は美影。

美影は死んだ草介の妹の名前でもあったはずだ。

「……そやな」

「取りちがえられた戸籍、直してもらえてよかったですね」

「そやなあ」

おざなりな相槌はいつものことである。

しばらく待ってみてから、紅は微笑み、小さくうなずいた。

草介が「そやな」と言うのなら、それでいいのだと紅も思う。美影が草介の母親でも妹でも。先々代に、草介とまったく同じ名前の男がいたらしいとしても。大江山の神隠しの真相だって。

すべては過ぎ去った出来事で、目の前にいる男の確からしさのほうがずっと大切だ。

「今日のお夕飯は何かしら」

数歩先にいた草介に追いつき、紅はのんびりと言った。

「君のおかあさんは魚の煮つけがいっとううまいからなあ」

「旬の鰆をもらったと、そういえば朝に言っていました」

「君はまた野菜の皮むきか」

「味付けはまだ任せてもらえないんです。初兄さままで蒼白になって止めるんですよ」

「賢明やな」

頬をふくらませた紅を草介は愉快そうに見下ろした。

頭上を数羽のかもめが横切っていく。道の半ばで、ふいに草介は足を止めた。

「僕は時川草介といいまして」

いまさらのことをなぜか草介は言いだした。

「出身は大江山のふもとの町。生年は天保元年」

瞬きをした紅の一歩先を歩きだしながら、草介は羽織の袖に手を差し入れる。

「父はつまらん絵師で、都の三条大橋から落っこちて死んだ。母はさよ。二つ下、それと十二歳下に妹がおる。下の妹の名前は美影。七つの頃に、僕は大江山で神隠しに遭うて――、そこで『鬼』におうた」

たいそう変わりものの鬼だったのだと、草介は言った。

「僕のおやじは、僕が言うのもなんやけど、天下一品のろくでなしでな。鬼との約束を守らへんで死んだ。そやから、代わりに僕がその『支払い』をするんやて、鬼は言った。何をすればええんか訊けば、自分の顔を描け、それが父との約束やったと言う。ほいで、描いてはみたが、これはちがう、これやない、と紙を破る。そないなことを何千回、何万回と繰り返したのち、ようやく鬼がうなずいた。よい絵や、と。ほいで、僕はこちらに返してもろうたんやけど――」

ふっと草介は咽喉を鳴らした。

「そこは、五十年余りのちの世やってん」

荒々しい突風が紅と草介のあいだを駆け抜けていった。

五十年。はかりしれない時の重みが、目の前を一度に流れ去った気がした。

「僕が帰ると、家はあらへんどころか、母親と妹は死んだあと、僕がいのうなったあと生まれたらしい下の妹は僕の母ほどの年になっとった。どでかい戦(いくさ)があって、世の中はだいぶ変わったという。行き交うひとが身につけるもんも、町のようすも、僕が知っとるものとはちごうてた。……まあ、美影ができた『妹』やったさかい、僕が大きゅうなるまで面倒みてくれたんやけど」

美影が死んだと告げたときのミクズとつや子の表情を紅は思い出した。

かなしみこそあれど、若い娘の死につきまとう悲愴さはなかった。草介もまた、美影が死んだと聞いてもあまり驚かなかった。美影はたぶん天寿を全(まっと)うしたのだ。

「もとの家に戻る手立てはないのですか……?」

かろうじて尋ねた紅に、「あれから鬼にはおうてない」と草介はつぶやく。カランと地面で鳴る駒下駄(こまげた)の音だけが静かな埠頭に響く。

「実際のとこ、わからへんのや。あのとき起きたこと、ぜんぶ僕が見た夢やったのか。『時川草介』はほんまに神隠しから帰ってきたのか。どっかの親無し子がたまさか流れ着いて、『時川草介』になったんか。まだ七つやったしなあ」

苦笑する男の横顔に、宵どきのひかりが射す。

昼と夜の交差する時間だからだろうか。ひかりがふちどる男の輪郭がほどけて、薄闇にかき消えてしまいそうだった。

小さく肩をすくめて、草介は紅を振り返った。

「まあ、そういう法螺話や。今時分、流行らへんやろ？」

――あぁ、どうしてそんな表情で、そんな声を出すのだろう。

知らず伸ばしかけていた手を紅は下ろした。

ぎゅっと口を引き結ぶと、無言で歩きだす。

……ひとつ、わかってしまったことがある。

なぜ、草介がなんのかの言いながら、いつも紅につきあってくれるのか。面倒ごとが嫌いなくせに、何度だって紅の手を引いて、文句を垂れつつ家まで帰してくれるのか。なぜ、浅はかな行動のせいでひとさらいに遭った紅をきつく叱ったのか。

――このひとには、帰る家がないのだ。

ないのだ。それはえいえんに、うしなわれてしまった。

家族と一緒に、時を隔てた川の向こうに流されてしまった。

このひとにとって家とはそういうもので、だから必ず、嫌々でも、面倒でも、紅の手を引いて家まで帰してくれるのだ。紅には帰る場所があるから。

　こらえていないと、涙がこぼれてしまいそうだった。だから、ことさらに足音を立てて紅はずんずん、ずんずんと慣れた道を歩く。突然黙って歩きだした紅をどう思っているかは知らないが、草介はあとをついてきているようだった。何しろ、紅が向かっているのは草介の住む長屋である。

　派大岡川（はおおおかがわ）に架かる橋を渡り、暖簾（のれん）を下ろしはじめた店が並ぶ大通りを横目に、ふたつみつつ細い通りに入る。野良猫がたむろする木戸をひらけば、炊事の煙がそこかしこで上がる長屋が現れる。ひとのはけたポンプ井戸、家々の格子（こうし）に吊り下がる咳止（せきど）めや邪気払いの薬草、路地に落ちた微かな灯（あか）りと談笑の声。

　取り込み忘れて冷たくなった洗濯物を押しのけ、つぎはぎだらけの腰高障子（こしだかしょうじ）を見上げたとき、紅はやっぱり泣いてしまった。すんと鼻を鳴らして涙を拭（ぬぐ）い、ようやく足を止めて振り返る。

「おかえりなさい、草介さん」

　詰めていた息を吐きだし、紅は草介に向けて言う。

「いいですか、一度しか言いませんから、よく聞いてください」

紅の声は明瞭でよく通る。宵どきに何事かと長屋の住人がちらほら顔を出したが、かまわなかった。むしろ、天地万物が聞いていればよいと思う。

「わたしがいるこの場所が、あなたが帰る家です。これまでも、これからも。今度はきっと、かならずわたしが守ってみせますから……！」

胸を叩いて宣言した紅に、草介は瞬きをする。

めずらしい。鳩が豆鉄砲を喰らったような顔をしている。

なぜか視線をそらして、草介は口元を覆った。何かをごにょごにょつぶやいたが、聞こえない。「なんですか」と紅が詰め寄ると、「なんも」と身をよじって逃げられた。

「君の声が大きゅうて、心臓が止まるかと思たわ」

「あなたの心臓がひよわなのでは？　……帰るんですか？」

「ここが僕の家やて、君が言ったんやないか」

「そうですけど。今日は茶木の家にいらしてくださいよ。一緒にお夕飯を食べましょう」

腰高障子に手をかけた草介の腕を紅は引っ張る。

「もうくたびれたさかい、今日は帰って寝ます」

「そう言わず。母が作ったつぶし餡のお汁粉がありますよ」

草介が動きを止めたので、「それとおいしい羊羹もあります」と続ける。にっこり微笑んだ紅に、草介は深々と息をついた。

「ね、一緒に帰りましょう」

草介の腕を引いて、紅は足取り軽くきびすを返す。しぶしぶという風に腰高障子を閉め直しながら、草介が投げやりに言った。

「……ただいま」

軽く目を瞠らせてから、紅は草介にわからぬように口元を綻ばせる。

ええ、おかえりなさい。

この先、何度だって紅はこの言葉を草介にかけようと思う。

おかえりなさい。おかえりなさい、草介さん。

あなたがしぶしぶ流れ着いたのがわたしが生きるこの街で、わたしはうれしい。

流れ着いた異郷の地で、草介を迎えたのは、やたらひとのよさそうな夫婦と六つになる彼らの末娘だった。

紅といいます、と少女はまだ舌足らずなしゃべり方で草介に挨拶をした。淡いさくら色の着物に花飾りがついた被布を重ね、髪は編み込んでリボンを結んでいる。父親の袖を握りしめているものの、大きな目は好奇心できらきらしていて、何かを話したそうに草介を見つめていた。両親と周囲の愛情を一身に受けて育ったのだと誰が見てもわかる、愛らしい少女だ。

一目見て、草介は辟易としてしまった。

面倒な生い立ちのせいで、育ててもらった家を半ば逃れるように出てきた草介である。妹の美影は、今は皺があちこちに刻まれた婆になっているが、もとは十二の年の離れがあった。

——過去のもんは、みんな捨てていきなさい。

時川の家から送り出すとき、美影は華奢な身体で草介を抱きしめ、きっぱりと言った。

——みんな捨てて、好きなとこで好きに生きなさい。うちはあんたはんを忘れるし、あんたはんもうちのことは思い出さへんでええ。

その妹がまた、流れ着いたこの場所で草介の前に現れたような気がした。妄言じみた考えに過ぎないのはわかる。けれど草介には、紅という少女が、捨ててきた妹の代わりに現れたように思えてならなかった。

因果やな、と疲れた顔で茶木のおやじの話を聞いていると、ふいに何かに手をつかまれた。

——そうすけさん。

覚えたての名前を、たどたどしく紅が口にする。もみじの若葉のように小さな両手が草介の手を握っていた。眉をひそめた草介に、紅がふわふわとわらいかける。

——わたしたち、なかよくしましょうね。

父親が言った言葉をそのまま繰り返し、紅は草介を見つめた。

——これからずっと、なかよくしましょう。

ふわふわした笑い方にそぐわぬ、どこか切実な声だった。

その声を聞いたとき、見抜かれてしまった気がした。自分でもはかりかねている欠落を、なぜまだ六つの、周囲の愛情を一身に受けて育った少女がきづけたのか、草介はいまだにわからない。けれど、わかられてしまったのだと、わかった。

草介は出会った最初の日に、紅には負けている。彼女がなんの作為もなく、まっすぐ草介の手をつかんできたから。あの小さくて、体温ばかりが高いふたつの手で。

それは長く浮世と幽世（かくりよ）、虚実のはざまをふらふらと流されてきた草介にとって、はじめて感じた確かなぬくもりだった。まことの、ぬくもりだった。

だからたぶん一生、このお嬢さんにはかなわへんのやろな、と思う。

「おれさまが留守しとるあいだ、なんやおもろいことが起きていたらしいなあ」

草介がいつものように硯(すずり)で墨を磨(す)っていると、出入り口のそばの水甕(みずがめ)から野太い声がした。「どこ行ってたんや」と二股の尾が特徴のぶち猫に半眼を向ける。何やら前より幾分太ったようすのおタマは、皿にのった煮干しをかじって、げっぷと咽喉(のど)を鳴らした。

「年明けの会合で引っ張りだこやったさかい。皆、おれさまがおらんと宴(うたげ)が盛り上がらへん言うから、参ってまうわあ」

「よくしゃべるわりに、役に立たへん猫やな」

「お猫さまはひとさまとちごうて、忙しいんやで」

そら大変やな、と息をつき、草介は墨をたっぷりつけた筆を紙のうえに置いた。

手になじんだ筆を滑らせると、しなやかな描線が弧を描き、くるりと匂(にお)い立つ。

草介の手元をひょいとのぞきこんだおタマがまたゲップをして、二股の尻尾をはたきのように振った。

「『You are a flame in my heart』」

いきなり異国語で鳴いて、また尻尾を振る。

「きづかぬ椿(つばき)に不毛やなあ」

「えいやあ、むしろ天下一品の物好きか」

草介が足元に落ちていた紙くずを投げると、にゃあ、とわざとらしく鳴き声を上げて、おタマが逃げ去った。

閉じた腰高障子の向こうから、かつかつ、と足音が近づいてくる。革のブーツが立てるその軽快な足音に、出入り口のあたりでおタマが耳を立て、草介は頰杖(ほおづえ)をついたまま口端(くちは)を上げる。

やがて腰高障子の前でピタリと足音が止まり、「草介さん!」と娘が声を張った。

「いらっしゃるのでしょう。居留守を使っても無駄ですよ!」

天地に通るその声に耳を澄ませながら、草介は硯に筆を置く。

紙のうえには、一輪の乙女椿がひらいていた。文鎮を置いて、風で飛ばされないようにすると、草介は頰杖を外して顔を上げた。

「草介さんなら、留守やでー」

今日もまた港町の片隅で、瞬(またた)くひかりのように一日が積み重ねられていく。

参考文献

横浜開港資料館編『100年前の横浜・神奈川　──絵葉書でみる風景』有隣堂、一九九九年
横浜開港資料館編『図説 横浜外国人居留地』有隣堂、一九九八年
原島広至『東京・横浜今昔散歩』（中経の文庫）KADOKAWA、二〇一七年
斎藤多喜夫『幕末・明治の横浜　西洋文化事始め』明石書店、二〇一七年
阿佐美茂樹『横浜はじめて物語──ヨコハマを読む、日本が見える。』三交社、一九八八年
平出鏗二郎『東京風俗志（上）』筑摩書房、二〇〇〇年
平出鏗二郎『東京風俗志（下）』筑摩書房、二〇〇〇年
家庭総合研究会『明治・大正家庭史年表──1868-1925』河出書房新社、二〇〇〇年
ベストセラーズ『明治・大正 庶民生活史』日本図書センター、二〇一四年
林丈二『文明開化がやって来た──チョビ助とめぐる明治新聞挿絵』柏書房、二〇一六年
湯本豪一『明治ものの流行事典』（絵で見る歴史シリーズ）柏書房、二〇〇五年

石川桂子編『大正ロマン手帖　ノスタルジック&モダンの世界』（らんぷの本）河出書房新社、二〇〇九年
台東区立下町風俗資料館編『台東区立下町風俗資料館図録』、二〇〇三年
小松和彦『憑霊信仰論 妖怪研究への試み』（講談社学術文庫）講談社、一九九四年
川原勝征『毒毒植物図鑑』南方新社、二〇一七年

集英社オレンジ文庫をお買い上げいただき、ありがとうございます。
ご意見・ご感想をお待ちしております。

● あて先
〒101-8050　東京都千代田区一ツ橋2-5-10
集英社オレンジ文庫編集部 気付
水守糸子先生

集英社
オレンジ文庫

乙女椿と横濱オペラ

2020年11月25日　第1刷発行

著　者　水守糸子
発行者　北畠輝幸
発行所　株式会社集英社
〒101-8050東京都千代田区一ツ橋2-5-10
電話【編集部】03-3230-6352
【読者係】03-3230-6080
【販売部】03-3230-6393（書店専用）
印刷所　大日本印刷株式会社

※定価はカバーに表示してあります

ISBN 978-4-08-680350-2 C0193

集英社オレンジ文庫

水守糸子

モノノケ踊りて、絵師が狩る。

—月下鴨川奇譚—

先祖が描いた百枚の妖怪画に憑いた
“本物”たちの封印を請け負う
美大生の詩子。 今日も幼馴染みの
謎多き青年・七森から
妖怪画に関する情報が入って…。

集英社オレンジ文庫

喜咲冬子

星辰(せいしん)の裔(すえ)

父の遺言で先進知識が集まる町を
目指し、男装で旅をする薬師のアサ。
だがその道中大陸からの侵略者に
捕らえられ、奴婢となってしまう。
重労働の毎日だったが、ある青年との
出会いがアサの運命を大きく変えて…。

山口幸三郎

君を忘れる朝がくる。

五人の宿泊客と無愛想な支配人

湖のほとりのペンション「レテ」には、
泊まるとなくしたい記憶を消してくれる
不思議な部屋があるという…。
心に傷を抱える人が今日もまた一人、
ペンションを訪れる…!